Un Daddy pour Noël

UN DADDY POUR NOËL

PAR KEIRA ANDREWS

Titre original : *Santa Daddy*
Édité et publié par Keira Andrews
Traduit par Emmanuelle Rousseau
Illustration de couverture de Dar Albert
Mise en forme par BB eBooks
Copyright © 2018 par Keira Andrews
Print Édition

ISBN : 978-1-988260-90-7

Remerciements et dédicace

Merci à Anara, Mary, DJ Jamison et Leta Blake. Celui-ci est pour tous ceux qui aiment les fêtes autant que moi. Fa la la la la ! <3

Chapitre Un

LES PÈRES NOËL des centres commerciaux n'étaient pas censés être sexy.

Le cœur battant après sa course à travers la ville, Hunter s'arrêta net à l'intérieur de la réserve, la porte arrière du parking se refermant derrière lui avec une rafale d'air glacial. Il cligna des yeux devant la vision qui se tenait face à lui, comme un mirage au milieu des piles de boîtes et de caisses poussiéreuses.

Dormait-il encore ? Était-ce un rêve enfiévré ? Parce que les pères Noël des centres commerciaux étaient censés être vieux, petits et légèrement débraillés. C'était la loi de l'univers ou un truc du genre.

Pourtant, ce père Noël – probablement dans la quarantaine et portant des bottes noires brillantes, un pantalon de velours rouge avec des poignets blancs duveteux et un manteau de velours rouge assorti suspendu – sortait tout droit d'une séance photo d'un bûcheron du magazine *Details* ou de l'un de ces calendriers des pompiers que la mère de Hunter recevait chaque année et sur lequel il avait l'habitude de se branler secrètement à l'adolescence.

Un débardeur blanc était étiré sur la large poitrine musclée du père Noël, des poils noirs dépassant du haut du coton. Ses mamelons pointaient et sa peau était d'une chaude teinte mate. Ses cheveux courts et sa barbe taillée fournie étaient bien plus poivre et sel, mais les reflets argentés épars étaient incroyablement sexy. Il devait mesurer au moins un mètre quatre-vingts et dominait Hunter, arquant un sourcil noir.

S'il vous plaît, demandez-moi si j'ai été un gentil ou un vilain garçon.

— Il était temps.

Hunter cligna des yeux, son fantasme porno s'évaporant alors qu'il essayait de reprendre son souffle.

— Hein ?

— Tu es en retard, accusa le père Noël d'un ton bourru.

— Oh. C'est vrai.

Une bouffée d'anxiété figea le grésillement de désir qui avait réchauffé les veines de Hunter.

— Je sais, désolé.

Il haleta doucement, retirant son bonnet de

laine. Ses cheveux tombèrent sur son front et il repoussa une mèche loin de son œil.

— J'ai dormi trop longtemps.

Le père Noël le fixa comme s'il était complètement stupide et/ou pathétique.

— Il est presque midi.

Qui es-tu, mon père ? Hunter se tortilla d'embarras. Il détestait être en retard, mais il ne pouvait pas remonter le temps et effacer les vingt dernières minutes. Il n'avait pas eu *l'intention* de rester éveillé jusqu'à presque quatre heures du matin à jouer à *God of War*, ensuite, il avait réglé son alarme sur dix heures du soir au lieu du matin, parce qu'il était un crétin.

Il le savait. Il n'avait pas besoin d'un père Noël trop sexy pour le lui rappeler. Les pères Noël des centres commerciaux étaient également censés être joyeux et gentils, pas des connards réprobateurs. Il leva les yeux au ciel.

— Peu importe. Tu n'es pas mon patron. Et où est monsieur Tremblay ?

— Il s'est cassé la hanche.

— Oh. Merde, ça craint.

Le vieux monsieur Tremblay était le père Noël du centre commercial de Pinevale depuis aussi longtemps que Hunter s'en souvienne.

— Euh, je suis Hunter. Hunter Adams.

Situé à quelques heures au nord de Toronto, la ville de Pinevale n'était pas petite au point qu'il connaisse tout le monde, mais Hunter se souviendrait certainement d'avoir rencontré ce type. Où diable John l'avait-il trouvé ?

— Je suis monsieur Spini.

Un prénom n'était apparemment pas bienvenu. Pour qui ce type se prenait-il ? Hunter avait vingt-trois ans, il n'était pas un gamin. Avant qu'il ne puisse le dire à voix haute, John Singh se précipita par l'entrée du centre commercial, de l'autre côté des boîtes, repoussant ses lunettes à monture métallique sur son nez. Il portait un chandail de renne incroyablement laid avec des bois flous. Dans la cinquantaine, lui et son mari, Desmond, vivaient à quelques rues de la mère de Hunter. Il était petit, corpulent et toujours pressé, mais généralement il souriait. Pas à cet instant, cependant.

— Hunter ! Enfin.

— Je sais, je sais. Pardon.

Le visage de Hunter devint brûlant, alors qu'il se débarrassait de son sac à dos et en sortait les ridicules collants en forme de sucre d'orge. Gardant la tête baissée, il délaça ses bottes et enleva son jean, la chair de poule se répandant sur sa peau dans le froid de la salle de stockage et le sol glacial. Alors qu'il tirait le collant sur son caleçon, il leva les yeux et rencontra le regard du père Noël qui détaillait son corps.

— Quoi ? questionna Hunter.

Il enfonça ses pieds en chaussettes dans les pantoufles noires trop étroites, avec la pointe courbée vers l'intérieur, ornées d'une cloche dorée à l'extrémité.

Il marmonna :

— J'ai piètre allure, je sais.

On ne peut pas tous avoir l'air injustement sexy dans ces costumes.

Le père Noël ne commenta pas, alors que John lui tendait le ventre rembourré, la longue barbe blanche et le chapeau de velours rouge avec une bordure blanche.

— Touches finales, déclara-t-il.

Hunter boutonna la veste de velours vert qui couvrait à peine ses fesses et son attirail, les manchettes d'un blanc duveteux atterrissant cinq centimètres au-dessus de ses poignets. Les coutures étaient trop serrées au niveau de ses épaules et il ne pouvait pas lever totalement les bras. La dernière fois qu'il avait joué aux elfes, c'était lors de sa dernière année de lycée, il n'avait pas réalisé à quel point il avait grandi en cinq ans. Il avait commencé à se développer tardivement, même si en général il se sentait toujours comme ce gamin boutonneux et osseux.

— Heureusement que c'est la dernière année du Village du père Noël.

Non pas qu'il serait assez désespéré pour redevenir un elfe l'année prochaine. Il trouverait un vrai travail en janvier, même si ça le tuait. Un travail qui ne nécessitait pas un costume humiliant.

Puis il se sentit comme un connard et ajouta rapidement :

— Je veux juste dire parce que le costume est trop petit pour moi à présent. Ça craint que le centre commercial ferme.

Même si c'était un centre commercial que le temps avait oublié et que c'était super déprimant.

John en était le directeur depuis des lustres et il avait été un bon patron. Lorsque Hunter lui avait envoyé un e-mail, au cas où il aurait un travail saisonnier, il n'avait pas pensé à jouer à nouveau les elfes, mais on n'avait pas toujours le choix. Il avait eu de la chance que John lui ait offert ce travail.

John agita la main.

— Il n'y a pas de mal. Il faut évoluer avec son temps. As-tu entendu parler de l'installation d'un Marshall's et d'un Outback Steakhouse ? Et l'ancienne épicerie de Lake Street est en train de fermer, une plus grande va s'installer ici. Il y aura des magasins de grande surface : Treeview Plaza au lieu de Treeview Mall. Les nouveaux propriétaires me gardent pour la gestion, donc ça va pour moi. La sécurité, le déneigement, il y a encore beaucoup à coordonner.

La sueur perla sur sa peau brune et il passa une main sur son front.

— C'est un sauna là-bas, le chauffage est bloqué au maximum.

Hunter frissonna.

— Pourtant, il fait très froid ici.

John grimaça.

— Pareil dans mon bureau et dans les sanitaires, mais de toute évidence, cela n'a aucun sens de payer pour réparer. Le dernier jour est le trente et un décembre, ensuite ils démolissent ce vieux truc et le reconstruisent au printemps. Mais nous devons d'abord offrir à ce centre commercial un dernier Noël inoubliable. Pas vrai, l'équipe ?

Le père Noël boucla la large ceinture noire autour de son faux ventre, sa longue barbe blanche masquant le bas de son visage.

Il marmonna :

— Pourquoi ai-je accepté ça ?

— Parce que tu es un bon ami qui me rend service à la dernière minute. Je trouverai quelqu'un d'autre pour le week-end prochain, promis. En plus, tout l'argent permettra d'acheter des jouets pour les enfants et des dîners avec de la dinde. Avec la fermeture de l'usine cet été, ce sera un pauvre Noël pour beaucoup de gens. Voilà pourquoi tu as accepté ça, pour info.

Le père Noël ne fit que grommeler dans sa barbe en réponse, coinçant le chapeau sur sa tête.

— Attends. *Tout* l'argent ? réagit Hunter, l'estomac noué. Ne sommes-nous pas payés ?

Après trois stages non rémunérés à Toronto

depuis qu'il avait obtenu son diplôme universitaire, et toujours sans réel emploi, il était revenu s'installer dans son ancienne chambre à Pinevale, en avance pour les vacances, afin de jouer une fois de plus à l'elfe du centre commercial. Au moins, il toucherait le salaire minimum, en tout cas, il l'avait supposé.

— Non, non ! le rassura John en donnant une claque sur l'épaule de Hunter. Tu seras payé. Mais monsieur Tremblay avait proposé de renoncer à son salaire cette année et d'en faire don à *Jouets et Dindes*, c'est ainsi que nous appelons la collecte. Nick a fait pareil.

— Oh.

Hunter jeta un coup d'œil au père Noël ; ce Nick Spini le toisait avec un rictus dédaigneux.

Merde. Hunter était-il égoïste ? Faire huit heures de travail le samedi et le dimanche pendant deux week-ends lui permettrait d'avoir de l'argent pour les cadeaux pour sa mère, sa sœur et sa nouvelle nièce. Il espérait trouver un autre emploi saisonnier pendant la semaine, car Pinevale n'était pas assez grand pour justifier un village du père Noël à plein temps, et avec la fermeture du vieux petit centre commercial, il n'y avait pas assez de demandes pour des photos avec le père Noël en dehors des deux week-ends.

Certes, il avait passé la majorité des quatre derniers jours, depuis qu'il avait pris le bus de la compagnie Greyhound pour rentrer à la maison, à jouer à des jeux vidéo et à manger des Doritos au lieu de chercher un emploi, mais il voulait juste éviter de penser au désastre de sa vie pendant un moment. Le stage qu'il venait de quitter planifiait des journées de douze heures, comme les autres, et il était épuisé.

Un flot d'acide familier inonda son ventre. Avant que Hunter ne puisse expliquer qu'il avait besoin de gagner de l'argent pour travailler, après plus d'un an de stage pour « avoir de l'expérience », des « contacts » et « mettre un pied dans l'entreprise », tout ça pour se voir claquer la porte au nez dès qu'il essayait de gagner sa vie, Nick dit :

— On peut en finir avec ça ?

Au lieu de lui reprocher d'être un sacré couillon, John se contenta de rire.

— C'est l'esprit des fêtes. Allez, Grinch. Il est temps de faire grandir ce cœur. Je sais que tu n'as pas l'habitude d'être entouré de gens, mais pense à ce qu'Éric aurait dit et fait ? Puis fais-le.

Nick soupira, et Hunter ne parvint pas à déterminer s'il était énervé ou s'il riait un peu. Se demandant qui était Éric, Hunter attrapa son chapeau d'elfe et suivit Nick hors de la réserve, après avoir rangé leurs affaires dans un ancien casier du personnel. Ses yeux étaient attirés par la façon dont le velours rouge s'étirait sur les larges épaules de Nick. L'homme était une montagne.

Ils se frayèrent un chemin sur l'horrible sol en briques brunes, un étrange pavé qui avait probablement été installé dans les années soixante-dix, avant qu'il n'y ait des lois sur l'accessibilité. La moitié des magasins avaient déjà fermé, et bien que John ait accroché des couronnes et des guirlandes sur les murs de briques brunes, Treeview Galerie était clairement à l'agonie.

Il n'y avait pas de fenêtre, juste un plafond bas et un étage en forme de fer à cheval carré, comme une capsule temporelle au design moche des années soixante-dix. La poignée de vieillards qui passaient des heures chaque jour dans la petite aire de restauration avec uniquement deux options de nourriture grasse – Roy's Burgers ou Donut Time – regardaient silencieusement les passants, des tasses à café en carton devant eux. Les airs entraînants de « All I Want for Christmas is You » étaient diffusés à travers les haut-parleurs du centre commercial, la voix de Mariah résonnant sur les pavés.

Les femmes qui travaillaient à *La Belle Style*,[1] le magasin de vêtements pour vieilles dames qui tiendrait bon jusqu'à la fin amère du centre commercial, se rassemblèrent sur le pas de la porte.

— Hunter ! appela madame Buckingham. Comme tu es adorable !

---

[1] En français dans le texte.

Il adressa un faible sourire à l'amie de sa mère, grimaçant en sentant des centaines d'yeux sur lui, alors qu'ils atteignaient la file des familles et des enfants agités criant d'excitation en voyant le père Noël. Les enfants hurlaient « père Noël ! » et Nick sursauta avant de leur adresser un signe de la main, comme s'il se souvenait que c'était *lui*, le père Noël.

Tirant sur sa veste verte, Hunter se sentit encore plus nul que d'habitude, pendant qu'il suivait dans le sillage de Nick. Il mesurait un mètre soixante-douze, donc pas *exceptionnellement* petit, mais il était un gamin maigre en comparaison. Il était blond et parvenait à peine à se faire pousser une barbe, alors que Nick regorgeait de poils, de muscles et de virilité. C'était bizarre pour un père Noël, mais cela lui correspondait, attirant définitivement l'attention des mamans qui faisaient la queue devant le Village du père Noël.

Hunter supposait que les elfes n'étaient pas censés être virils, mais le joyeux *ding* des clochettes dorées sur ses chaussures à chaque pas n'aidait en rien pour son estime de soi. Non pas qu'il prévoyait de ramasser des gars au centre commercial, il était sans espoir dans ce domaine. Pourtant, il se sentait aussi dégingandé qu'au lycée.

Le village était une sorte de vieille maison en pain d'épice qui avait connu des jours bien meilleurs, mais John y avait accroché des tonnes de lumières colorées et de guirlandes pour masquer à quel point le contreplaqué peint était délavé et décrépit.

Nick s'installa sur un large banc. La file de personnes était tenue à distance derrière des cordes, au bout du chemin de faux bonbons qui serpentait à travers de petits sapins enneigés, donc au moins, dans le village, il y avait un peu d'espace pour respirer. Hunter était surpris qu'il y ait une telle foule, d'un autre côté, il n'y avait pas grand-chose à faire à Pinevale.

Il fronça les sourcils en voyant le banc.

— Pas de trône ?

John secoua la tête.

— Toute cette histoire de s'asseoir sur les genoux du père Noël est inappropriée de nos jours, répondit-il avant de désigner le banc possédant un dossier. De cette façon, l'enfant peut s'asseoir à côté du père Noël et il y a de la place des deux côtés, si des frères et sœurs veulent venir en même temps.

— Personne ne s'assied sur mes genoux, grogna Nick.

Hunter leva les yeux au ciel.

— Tu réalises que tu dois être gentil avec les enfants, pas vrai ?

Nick se contenta de le fixer par-dessus sa fausse barbe blanche. Ses yeux étaient d'un gris acier tacheté de jaune, et c'était *vraiment* agaçant de voir à quel point il avait toujours l'air sexy, même s'il était apparemment un connard.

John frappa dans ses mains, arborant un grand sourire.

— OK, c'est l'heure du spectacle !

Alors qu'il rattrapait Hunter sur le chemin, il chuchota :

— Nick est un grincheux, mais il aboie plus qu'il ne mord.

Hunter aurait voulu demander comment John le connaissait, mais il n'en avait pas le temps.

— Si tu le dis.

— Fais-moi confiance. OK, tu te souviens comment ça se passe ? Je récupère l'argent des parents et tu demandes leurs noms aux enfants, puis tu les escortes jusqu'au père Noël.

Il regarda autour de lui.

— Où est notre photographe… ah, elle est là.

— Salut, les gars !

Courtney Campbell les rejoignit en souriant, sa queue de cheval sombre se balançant, un gros appareil photo autour du cou. Elle avait la quarantaine et dirigeait le petit magasin de photographie de Pinevale. Elle portait un jean et un pull bonhomme de neige, et il ne semblait pas juste qu'elle n'ait pas à se déguiser.

— Hunter, je ne m'attendais pas à te voir enfiler à nouveau les collants en sucre d'orge.

Eh bien, j'ai presque vingt-trois ans, je n'arrive

pas à trouver un vrai travail, je vis aux crochets de ma sœur à Toronto, j'ai une tonne de dettes étudiantes, je déteste vraiment travailler dans un bureau, je suis toujours vierge, et je n'ai aucune idée de ce que je veux faire de ma vie, alors pourquoi ne pas compléter l'humiliation en redevenant un elfe dans un centre commercial ?

Il réussit à sourire.

— Ouais. Moi non plus.

— Hunter me rend service, déclara John. J'ai dû le supplier, mais il a accepté.

Hunter lui adressa un sourire reconnaissant pour ce mensonge.

— Ce n'est pas un problème, dit-il.

John lui fit un clin d'œil et se tourna vers la file de personnes.

— Désolé pour le retard, les amis ! Rodolphe a crevé !

La foule rit avec plaisir et John murmura à Hunter :

— Fa la la la la !

Gah la la la était plus approprié, néanmoins Hunter afficha un sourire, essayant d'étouffer ses inquiétudes concernant l'argent, son avenir et ce qu'il ferait après les fêtes. Sa mère le laisserait rester aussi longtemps qu'il le voudrait, mais qu'*allait*-il faire ? Que *voulait*-il faire d'ailleurs ?

Il avait obtenu un diplôme en littérature anglaise, parce que c'était ce pour quoi il était doué, cependant il était inutile dans le monde réel, à part cocher l'exigence de la plupart des entreprises d'avoir une licence en *quelque chose*. Il n'arrivait même pas à décrocher un emploi en bas de l'échelle, pourtant il avait travaillé d'arrache-pied lors de ces stages.

Son ventre se noua, son pouls s'accéléra et sa respiration se coupa. Bon sang, il se sentait tellement perdu.

— C'est le père Noël ! cria une petite fille, ramenant Hunter au présent.

Sa vie était un spectacle merdique sans but, mais au moins, il avait *un* travail à faire. Il prit une profonde inspiration et enfila son chapeau vert d'elfe, le bord blanc duveteux déjà trop chaud sur son front. Peu importait. Même avec un père Noël grincheux, musclé et stupidement sexy à supporter, il allait être le meilleur des elfes. Avec des cloches… littéralement.

Chapitre Deux

ASSIS SUR LE banc trop dur, Nick regarda Hunter lever la main pour redresser son chapeau d'elfe. Sa veste verte remonta, donnant à Nick une excellente vue sur son cul guilleret plutôt spectaculaire. Il était plutôt beau avec ses cheveux dorés flottant sur son front, son visage rond aux lèvres roses, ses taches de rousseur sur son nez et ses yeux d'un bleu profond. Dommage qu'il fasse apparemment partie des gamins de la génération Y gâtés, ceux qui arrivaient en retard et ne se souciaient que de l'argent.

Hunter semblait être dans la vingtaine, il vivait probablement encore chez ses parents. Au milieu de sa vingtaine, Nick travaillait à temps plein depuis des années et possédait un camion et une maison. Cela n'avait pas été facile et il avait gravi les échelons, apprenant la foresterie et finalement l'arboriculture. Il ne s'attendait pas à recevoir quoi que ce soit sur un plateau d'argent. De nos jours, les gens de tous âges semblaient avoir plus de droits que jamais, et Nick n'avait aucune patience avec tout ça.

Cela dit, Hunter n'était pas l'affaire de Nick ni son problème. Il jouait le rôle du père Noël pendant deux jours, et seulement deux jours. Lorsque le père Noël habituel était tombé ce matin-là, John l'avait appelé, paniqué, et comme John et Desmond étaient ses seuls amis, il avait cédé.

Il repensa aux instructions de John : qu'est-ce qu'Éric aurait dit et fait ?

Alors que Nick regardait Hunter conduire une petite fille rousse le long du chemin vers lui, il ne put se retenir de sourire tout seul en entendant la voix basse d'Éric contenant une pointe d'espièglerie dans son accent écossais.

Je dirais que tu es un affreux grincheux et que tu devrais retirer le bâton que tu as dans le cul, immédiatement. C'est mon opinion médicale professionnelle.

Bien sûr, Éric était mort, alors qu'en savait-il ? Mais non, il avait raison, et Nick fit un effort pour sourire sincèrement à la fillette qui s'accrochait à la main de Hunter. Peut-être que son talent pour sourire était rouillé, car il entendit Hunter lui dire :

— Tout va bien, Jessica. Le père Noël est très gentil, je te le promets.

Il lança un regard acéré à Nick, les sourcils levés comme s'il le défiait de lui prouver le contraire. D'accord, peut-être qu'il y avait une pointe de culot là, pas seulement la pétulance d'une génération Y derrière des yeux levés au ciel.

Nick se racla la gorge, donnant à sa voix un ton plus bas et plus doux que d'habitude, imitant la façon dont Éric s'adressait aux jeunes enfants.

— Bonjour, Jessica. C'est merveilleux de te rencontrer. Veux-tu t'asseoir et me dire ce que tu aimerais avoir pour Noël ?

Alors que Jessica lui racontait avec hésitation qu'elle voulait un traîneau et une sorte de poupée qui était probablement à la dernière mode, Nick hocha la tête et sourit, prétendant savoir exactement de quoi elle parlait. Du coin de l'œil, il était conscient du regard de Hunter, et quand Nick lui jeta un coup d'œil pendant que lui et Jessica se déplaçaient pour leur photo, les joues de Hunter devinrent rouges et il se dépêcha de redescendre le chemin en bonbons.

La photo fut prise tandis que Hunter amenait l'enfant suivant. Nick sourit et fit un signe de tête au flot constant d'enfants qui venaient s'asseoir avec lui. Il essaya également d'ignorer Éric dans sa tête.

Admets-le, les enfants sont adorables. Tu ne dé-testes pas ça. Surtout avec les yeux de l'elfe sexy.

Éric l'avait toujours rappelé à l'ordre, et huit

ans après sa mort, sa voix dans sa tête restait un réconfort familier. Ce n'était pas *réel*, bien sûr, et elle n'était pas toujours présente. Mais Éric se manifestait de temps en temps, généralement quand Nick avait besoin d'un petit coup de pied aux fesses.

Oui, parfois Daddy a besoin d'une fessée.

Il laissa échapper un petit rire et Hunter, qui avait amené une autre fillette, lui lança un regard noir en sifflant :

— Qu'est-ce qui te fait rire ?

Ses joues pâles virèrent au rouge et quand il fit asseoir la gamine, il tira sur l'ourlet de sa veste verte. De toute évidence, il était mal à l'aise dans son costume trop petit, mais il semblait également anxieux et nerveux dans sa propre peau. Toute trace d'insolence avait disparu, remplacée par un éclair de vulnérabilité à vif.

Instinctivement, Nick eut envie de le rassurer, mais avant qu'il ne le puisse, la petite fille fournissait des preuves détaillées qu'elle était très, *très* gentille et méritait des crampons de football et la robe de princesse à manches bouffantes qu'elle *voulait* vraiment, vraiment *beaucoup*.

Le flot d'enfants semblait interminable, les fesses de Nick étaient engourdies et tout son corps inconfortablement humide de sueur au moment où John ferma la file en mettant en place une pancarte indiquant qu'ils seraient de retour dans une demi-heure. Les joues de Nick lui faisaient mal à force de sourire, il avait hâte d'enlever la barbe et le chapeau.

Pendant que John allait chercher leur déjeuner, Nick et Hunter se retirèrent dans la réserve. Dès qu'ils furent à l'intérieur, Hunter se tourna vers lui et lui lança :

— Sérieusement, pourrais-tu arrêter de te moquer de moi ? Je me sens déjà assez ridicule dans ce costume.

Nick cligna des yeux de surprise.

— Je ne me moquais pas.

Il balaya le corps de Hunter du regard. Oui, le costume était comique, mais ces jambes maigres étaient attirantes dans les collants, et la façon dont la veste verte effleurait le renflement de l'attirail de Hunter…

— Il n'y a rien qui cloche dans ton apparence.

C'était supposé être rassurant, mais cela sortit indéniablement comme du flirt.

Pourtant, Hunter leva les yeux au ciel, les bras fermement croisés.

— Ouais, c'est ça. Maintenant, tu te fous carrément de moi.

Il réprima une bouffée d'irritation. C'était exactement la raison pour laquelle Nick passait la plupart de son temps avec ses arbres et sa chienne. Les gens étaient tellement compliqués. Il réprima son envie de le calmer, se contentant d'un :

— Si tu le dis.

— C'est juste que…

Hunter s'interrompit et serra la mâchoire.

— Laisse tomber, acheva-t-il.

Il ôta son chapeau aux oreilles attachées dessus, passant une main dans ses cheveux humides, la sueur luisant sur son front.

— Bon sang, il fait chaud là-bas.

— Je suis entièrement d'accord avec toi.

Nick tenta de détacher la longue barbe, elle s'ajustait avec une ficelle autour de sa tête et s'accrochait sur le côté, mais le crochet semblait être coincé dans son chapeau au niveau de son oreille. Il tira, mais cela ne servit à rien.

— Peux-tu me donner un coup de main ?

Après un moment de silence, Hunter se montra du doigt et demanda :

— Moi ?

— Je ne vois pas d'autres elfes ici.

Il désigna son oreille.

— Le crochet s'est coincé.

— Oh. Effectivement. Euh…

Hunter s'approcha comme s'il avait peur que Nick le morde.

Et bon sang, ça secouait sacrément la cage du Dom intérieur de Nick.

Prudemment, Hunter tira sur l'attache, ses articulations frôlant le coin de la mâchoire de Nick. Du coin de l'œil, celui-ci l'observa tandis que Hunter fronçait les sourcils en commentant :

— C'est vraiment bien emmêlé.

Il se pencha plus près, se hissant sur la pointe des pieds, les grelots de ses chaussures tintant doucement. Il vacilla et Nick saisit sa taille d'une main pour le stabiliser.

Hunter prit une inspiration, un tremblement se propageant dans les muscles fermes sous la paume de Nick.

— Ces chaussures sont trop serrées, marmonna-t-il. Difficile de trouver mon équilibre.

— Prends ton temps.

Nick évasa les doigts, se demandant à quoi ressemblerait le corps nu de Hunter.

Ce dernier laissa pointer le bout rose de sa langue en se concentrant sur le crochet.

— Voilà.

Il retira le chapeau, et la barbe se libéra comme par miracle, alors qu'il reculait et que Nick le relâchait.

La fausse barbe démangeait ses vrais poils et Nick se frotta le visage.

— Merci.

Il déboucla l'épaisse ceinture noire, la laissant tomber sur le sol en béton dans un bruit sourd, avant d'enlever son manteau et son rembourrage. Son débardeur blanc lui collait à la peau et la chair de poule se répandit sur son épiderme à cause du contraste entre le froid de la pièce et la chaleur du centre commercial. Il tira sur le col échancré du coton, il était tenté de le retirer, mais il lui faudrait ensuite le remettre humide.

Lorsqu'il leva les yeux, un nouveau frisson le parcourut. Un frisson qui n'avait rien à voir avec la température. Hunter fixait son torse, ses lèvres charnues entrouvertes, un éclat luisant comme s'il venait de les lécher. Il tourna son regard vers celui de Nick, sa pomme d'Adam remuant.

— Oh, euh… De rien.

Il se détourna avec une expression résolument coupable sur son joli visage qui allait de pair avec le désir.

Malgré lui, les testicules de Nick picotèrent, et quand John ouvrit la porte, il se sentit rougir également, même si rien ne s'était passé. Hunter fixa ses pieds et le silence se prolongea. Tenant un sac en papier bombé et un porte-gobelet en carton, John les regarda en haussant les sourcils.

— Mon père Noël et mon elfe tiennent-ils le coup ?

Ils hochèrent la tête et lui assurèrent qu'ils étaient en forme. Tous les trois s'assirent sur des caisses retournées. Heureusement John entretint la conversation pendant qu'ils mangeaient, leur racontant tout sur les plans de *Jouets et Dindes*.

Après que Hunter s'était excusé pour aller aux toilettes, Nick demanda avant d'avoir pu se retenir :

— C'est quoi son histoire ?

Il avait à peine attendu que la porte se ferme. Il s'en fit mentalement le reproche. Il n'avait pas le temps de s'occuper de quoi que ce soit d'autre que de sa récolte, et le voilà en costume de père Noël, se retrouvant intrigué par un elfe du centre commercial qui avait la moitié de son âge.

John aspira du soda avec sa paille.

— Hunter est un bon garçon. Mère célibataire. Son père est parti quand il était bébé, je crois. Sa mère s'appelle Pam Adams ; elle est infirmière au County. Maintenant que j'y pense, elle connaissait probablement Éric. Hunter a travaillé pour moi quand il était au lycée. Il est allé à l'université de Toronto et a obtenu son diplôme l'année dernière, mais je crois qu'il a du mal à trouver un emploi. On dirait qu'il galère.

— Probablement parce que cette génération s'attend à des trophées juste pour se présenter.

— Toujours cynique.

John secoua la tête avec un mélange d'exaspération et d'affection.

— Ce n'est pas si facile pour eux, tu sais. Le coût de la vie ne cesse d'augmenter, mais pas les salaires. C'était plus facile pour nos parents, plus compliqué pour nous et plus difficile encore pour eux. Il n'y a plus les emplois qu'il y avait auparavant, du moins pas pour un salaire décent.

— Tu marques un point.

Nick enfourna une frite dans sa bouche, savourant la graisse salée.

— J'ai lu que les nouveaux avocats doivent accepter les emplois d'assistants juridiques parce qu'ils ne trouvent rien d'autre. Je ne voudrais pas commencer à travailler de nos jours, je te le dis, confia John.

Il fit un geste avec une frite en poursuivant :

— Mais tu sais, au moins, je suis content que ce soit plus simple pour eux de faire leur coming-out. Hunter l'a fait quand il avait dix-sept ans, ce qui n'a pas toujours été *facile* à Pinevale. Il lui a fallu du courage. Il a toujours été nerveux et il était plutôt timide à l'époque. Je ne crois pas qu'il avait beaucoup d'amis.

— Vraiment ? Avec ce visage ?

Et ce cul ? Malgré lui, Nick imaginait la belle *claque* que sa paume pourrait assener sur ce derrière guilleret. La voix taquine d'Éric emplit son esprit.

Eh bien, tu imagines que les jeunes d'aujourd'hui ont besoin de plus de discipline.

John sourit sournoisement.

— Tu aimes ce que tu vois, pas vrai ? C'est bien ce que je pensais.

— Quoi ? Non, se moqua Nick. Il a la moitié de mon âge.

— Et alors ? Comme tu peux le voir, il est adulte maintenant. À l'époque, il était couvert de boutons. Très maladroit. Je pense qu'il est toujours complexé, malgré son apparence. Pas que je regarderais.

Nick éclata de rire.

— Tu es marié, pas mort. Je suis sûr que Desmond regarde aussi.

John éclata de rire.

— Ouais. As-tu déjà regardé la série *Riverdale* ? Archie est beaucoup plus attirant qu'il ne devrait l'être.

— Je l'ai vu listé sur Netflix. J'y jetterai un œil.

— Netflix ? Donc, tu veux dire que tu ne te contentes pas de rester assis dans les bois à méditer, à écrire de la poésie et d'autres activités byroniennes ?

Nick lui lança sa serviette en papier en essayant de ne pas sourire.

— Ta gueule.

— Mais franchement, tu es seul la plupart du temps. Tu deviens vraiment un ermite, et tu n'as que… quoi ? Quarante-six ans ? Est-ce que tu sors baiser au moins ?

— Bien sûr, de temps en temps, répondit Nick en haussant les épaules. Je vais au club de Barrie. C'est sympa.

C'était devenu un peu ennuyeux, s'il voulait être honnête. Dans une zone rurale, le choix restait mince et il n'avait trouvé personne qui désirait un daddy ou dont les besoins pouvaient le satisfaire.

Bien que lui et Éric n'aient eu que cinq ans d'écart, Nick avait définitivement été un daddy dans la chambre, et ils avaient tous les deux trouvé cela incroyablement épanouissant.

Mais Nick n'avait pas assumé ce rôle depuis des années maintenant. Pour lui, il s'agissait de plus que d'une simple comédie, la satisfaction venait de ce véritable besoin et de cet abandon, leur offrant à tous les deux la paix. Dans ses rencontres sporadiques au fil des ans, il n'avait jamais rencontré quelqu'un avec cette part de vulnérabilité qui l'attirait. Peut-être qu'il aurait dû faire plus d'efforts pour rencontrer d'autres d'hommes, mais c'était trop de boulot. Il était plus simple de se perdre dans la solitude et les rythmes fiables de la ferme.

— Et est-ce qu'il t'arrive d'amener quelqu'un à la Forteresse de la Solitude ?

Nick mangea une autre frite.

— Toi et Desmond venez dîner tous les mois

— On ne compte pas.

Il haussa les épaules.

— J'ai une chienne. Elle est de bien meilleure compagnie que les gens.

— Aussi merveilleuse qu'Ella puisse être, elle manque de certaines qualités que les gens possèdent.

— Je sais. C'est pourquoi elle est parfaite quand elle ne chasse pas les écureuils et ne se fait pas asperger par les mouffettes. Mais tu seras ravi d'apprendre que je vais devoir embaucher un ouvrier supplémentaire pour abattre des arbres cette semaine. La demande est tardive cette saison, après la vague de chaleur de début décembre. Je vais avoir du retard pour avoir pris le temps de jouer au père Noël.

John grimaça.

— Je suis désolé de t'avoir empêché de travailler. J'apprécie vraiment que tu sois intervenu à la dernière minute… surtout si l'on considère combien tu détestes les gens, et en particulier les foules.

John lui fit un clin d'œil, mais son sourire s'estompa.

— Et je ne cherche pas à te harceler. Nous nous inquiétons pour toi, tout seul là-bas depuis des années. On aimerait juste…

Hunter revint, s'arrêtant en dérapant parce que John et Nick le fixaient. Face au silence, il s'agita et demanda sur la défensive :

— Quoi ?

Hunter était rugueux et capricieux sur les bords, Nick se demandait ce qu'il faudrait pour calmer cette nervosité. Ce qui était *ridicule*. Il n'avait pas le temps d'être intrigué par un beau jeune homme, alors il répondit sèchement :

— Ne t'inquiète pas, nous ne parlions pas de toi.

Il détourna les yeux avec dédain.

— En fait, tu es exactement la personne dont Nick a besoin ! s'exclama John, tout sourire, en frappant dans ses mains. Il disait avoir besoin d'aide à la ferme la semaine prochaine, et je sais que tu cherches plus d'heures de travail. C'est la solution idéale.

Nick lui lança un regard noir, ne sachant pas si la décharge d'adrénaline qui le parcourait était de la peur ou de l'anticipation.

— Je comptais demander à Bill Chang.

— Je crois qu'il est en Floride, déclara John. Hunter, tu es libre pendant la semaine, n'est-ce pas ?

Hunter regarda Nick avec inquiétude.

— Ouais, tout à fait. Euh, quel genre de travail est-ce ?

John répondit à sa place :

— Nick possède une ferme d'arbres de Noël. Sur la quatre-vingt-treize, près de chez Thorny Creek. Tout seul.

À Nick, il demanda :

— Tu as besoin d'aide pour l'abatage et ce genre de choses ?

Eh bien… peut-être qu'il n'y avait pas de mal à donner une chance au gamin.

— Oui. C'est un travail difficile qui exige de la sueur, et pas le genre consistant à porter des costumes idiots dans un centre commercial surchauffé.

Il avait voulu le dire comme une blague, mais Hunter s'agita d'un pied sur l'autre, croisant les bras. Pas avec défi, de manière défensive.

— Oh, d'accord. Je ne sais pas si je suis assez fort, admit-il.

L'envie de le guider et de lui montrer à quel point il pouvait l'être s'éveilla chez Nick, une faim qu'il savait devoir ignorer.

— Si tu penses que tu ne peux pas le faire, je trouverai quelqu'un d'autre.

Il haussa les épaules avec insouciance, mais il espérait que Hunter relèverait le défi.

Oui, il y avait quelque chose en lui, une insolence fougueuse associée à un malaise, une sorte de gêne, comme s'il ne réalisait vraiment pas à quel point il était beau. Il semblait être un mélange de contradictions, mais Nick supposait qu'il l'était aussi. Il trouvait la plupart des gens épuisants et préférait la solitude, cependant il était attiré par Hunter.

— Je peux le faire.

Hunter hocha la tête comme s'il cherchait à s'en convaincre lui-même, il se redressa, ses collants ne laissant rien à l'imagination.

— Absolument, ajouta-t-il.

— Et voilà ! décréta John, ouvrant une boîte de beignets afin d'en manger un avec gourmandise. Le père Noël et son lutin ! Que demander de mieux ?

Chapitre Trois

*O*MG *TU AS vraiment remis les collants ???*

Hunter sourit lorsque le message de Shelby apparut sur l'écran de son téléphone le lundi soir. Il mit son jeu en pause et s'allongea sur le vieux canapé en cuir de sa mère. Shelby avait été l'une de ses rares amis au lycée et une autre elfe du centre commercial à l'époque où John pouvait se permettre d'en embaucher plus d'un.

Hunter souhaitait désespérément qu'elle soit toujours à Pinevale, ou du moins en Ontario. Elle était allée à l'université de Colombie-Britannique et avait décroché un emploi dans une entreprise de yoga branchée à Vancouver. Il était ravi pour elle, bien sûr. Peut-être un peu jaloux qu'elle semble avoir trouvé sa voie, mais au moins à quatre-vingt-quinze pour cent ravi.

Il tapa en réponse :

J'espère que mon retour temporaire au statut

d'elfe n'est pas la plus grande nouvelle que le réseau de potins de Pinevale a à offrir.

Shelby répliqua :

J'ai bien peur que si. Même si j'ai aussi entendu dire que le père Noël est super canon ? Raconte. Et le pauvre monsieur Tremblay. Il a toujours été si gentil.

Hunter lui rapporta ce qu'il savait sur monsieur Tremblay et sa hanche cassée. Puis il ajouta :

Le père Noël était sexy, ouais. Il possède une ferme d'arbres de Noël à l'extérieur de la ville. Pour être honnête, c'est un peu un connard.

Ce qui ne l'avait pas empêché d'avoir des visions du torse de Nick dans ce maillot de corps blanc, les poils de son torse ressortant, ses bras épais, ses tétons si… léchables.

OMFG, ce mec canon qui vit dans les bois ? Je l'ai rencontré, une fois, lorsque ma mère est allée lui parler de la vente de sapins pour les Jeannettes. Je n'avais que treize ans ou un truc comme ça, mais j'ai vraiment apprécié cette ambiance de bûcheron.

Hunter admit :

Ouais, c'est toujours le cas.

Il attendit la réaction de Shelby.

Tu sais, je crois qu'il pourrait être gay, maintenant que j'y pense. Tu devrais tenter ta chance. Dis-lui que tu as été très, très vilain.

Il prit une inspiration, l'excitation pointant son nez. Nick était gay ? D'accord, il était apparemment ami avec John… non pas que John n'ait pas d'amis hétéros. Mais ce n'était pas pertinent de toute façon. Hunter éclata de rire et se dit à voix haute :

— Même si Nick Spini est gay, il pense que je suis un idiot. Et même si ce n'était pas le cas, je n'aurais jamais un gars comme ça.

Avant qu'il ne puisse répondre à Shelby, elle envoya :

Et ne me sors pas les conneries comme quoi tu n'es pas assez sexy. C'est comme si tu te regardais dans le miroir et que tu te voyais encore comme à quinze ans. Tu es magnifique. Tu réalises que la plupart des mecs sont totalement intimidés par toi, pas vrai ? Et c'est la raison pour laquelle tu es toujours vierge, bien que tu sois un fantasme ambulant.

Hunter éclata de rire et répondit :

Bien sûr. Si tu le dis.

Il pouvait imaginer son soupir irrité alors qu'elle tapait :

Je te le dis. Tu te souviens quand nous sommes sortis l'été dernier, quand je suis revenue ? Je sais que tu es nerveux et peu sûr de toi, mais ça donne l'impression que tu n'es pas intéressé. Donc tu rentres seul alors que tout le monde dans le bar veut te baiser. Et je maintiens que Brett Leblanc te voulait, même si tu étais encore dans ta phase embarrassante.

Il grimaça en repensant à Brett, le joueur ve-dette de hockey, qui l'avait tellement taquiné et traité de gay que Hunter lui avait finalement tenu tête en déclarant qu'il l'était et que si Brett n'aimait pas ça, il pouvait embrasser son cul de pédé. Étonnamment, cela avait fait taire Brett et tous ceux qui auraient pu avoir un problème avec ça.

Hunter avait déjà été honnête sur sa sexualité à la maison, toutefois il n'avait jamais prévu de faire son coming-out à l'école. Cela s'était étonnamment bien passé. Il aurait aimé pouvoir mettre en bouteille la confiance qu'il avait éprouvée à ce moment-là et l'appliquer au reste de sa vie. Peut-être qu'il avait juste besoin de se mettre vraiment en colère pour que ça sorte. Pour ainsi dire.

Sérieusement, tu es un bébé. Il est temps que tu empruntes ton propre chemin. Et ne lève pas les yeux au ciel.

En riant, il s'arrêta, même si ses yeux étaient à mi-chemin. Il tapa :

OK, OK, je suis magnifique. Maintenant, parle-moi de ce nouveau gars avec qui tu sors.

Il n'informa pas Shelby qu'il se rendrait à la ferme de Nick le lendemain pour travailler. Ce serait probablement un désastre et il ne voulait pas avoir à lui raconter plus tard qu'il avait échoué. Chaque fois qu'il avait eu un entretien d'embauche avec la certitude d'obtenir le poste, devoir annoncer à Shelby et à sa famille qu'il ne l'avait finalement pas obtenu avait été de plus en plus embarrassant.

Une fois qu'il eut fini d'envoyer des SMS, il posa son téléphone et regarda les lumières du faux sapin dans le coin du salon se refléter sur les ornements scintillants.

Il déclara à haute voix :

— Je suis magnifique.

Puis il se moqua de lui-même.

Il était bien. Pas trop petit, un peu maigre, mais pas aussi atrocement qu'autrefois. La peau de son visage s'était assainie, en dehors de ses taches de rousseur, et il avait de beaux cheveux blonds. Il avait indéniablement prévu d'avoir plein de relations sexuelles à l'université, mais il s'était toujours retenu pour une raison quelconque. Il n'avait jamais été capable de vraiment lâcher prise et de faire confiance à un autre gars, puis il avait commencé à se sentir extrêmement gêné d'être toujours vierge. Maintenant, il était pris dans un cercle vicieux.

Il ferma les yeux, laissant l'un de ses fantasmes préférés se dérouler. Ce n'étaient que des images, vraiment : un homme costaud aux commandes, Hunter pénétré durement ou peut-être même fessé. Tout le contrôle et l'inquiétude lui étaient retirés pour qu'il puisse se détendre et être libre. Être baisé et pris en charge. Il avait regardé beaucoup de porno et il était toujours attiré par les Doms poilus.

Son sexe remua et il le frotta avec le talon de sa

main à travers son pantalon de survêtement. Dans ses fantasmes, l'homme qui prenait le contrôle était toujours plus âgé, même si Hunter n'avait jamais eu le courage d'essayer dans la vraie vie. Il était terrifié qu'on se moque de lui, et il se tromperait probablement de toute façon, à cause de toute cette histoire de virginité.

Il devrait juste se comporter en adulte, installer Grindr sur son téléphone, trouver un gars et en finir avec sa première fois. Arracher le pansement. Ce n'était pas comme s'il ne *voulait* pas avoir de relations sexuelles, mais il en avait fait une montagne dans sa tête. Il avait eu la trouille de s'exposer depuis trop longtemps.

La pensée que Nick soit gay lui revint à l'esprit. Dimanche, ils avaient passé une autre longue journée au village du père Noël, et Nick n'avait pas dit grand-chose, à part pour lui donner des instructions d'un ton bourru pour se rendre à la ferme le mardi suivant. Pourtant, Hunter aurait pu jurer avoir surpris Nick en train de jeter un œil sur ses fesses plus d'une fois. D'avoir senti… *quelque chose* dans l'air entre eux, dans cette pièce de stockage glaciale. Il avait clairement fait une mauvaise première impression à Nick en arrivant en retard et il était déterminé à faire ses preuves.

Il éclata de rire en secouant la tête. Nick ne s'en souciait probablement pas le moins du monde, tout cela n'était que dans son esprit vierge pathétique. Pourtant, ses pensées revinrent à Nick. *Était*-il gay ? Avait-il vraiment regardé son cul ?

Il me fixait probablement parce que j'avais l'air stupide et minable dans ce costume.

Mais il n'y avait rien de mal à jouer « et si », n'est-ce pas ? Il remua sur le canapé, le cuir grinça. Hunter imaginait Nick avec d'autres hommes, et il allait se branler à fond pendant une minute. Si Nick était gay, avait-il un petit ami ? Un mari ?

Pourrait-il être attiré par un gars plus jeune ?

Le souffle de Hunter se coupa et il enfonça sa main dans son pantalon de survêtement, agrippant son membre alors que les vannes cédaient et que le fantasme prenait le dessus. Il s'imaginait sur les genoux de Nick, sur le banc du centre commercial, recevant une fessée alors qu'il criait, Nick totalement maître de la situation, le maintenant à plat, ne le laissant pas se tortiller, lui montrant comment faire tout...

Le moteur de la Ford Focus de sa mère vrombit alors qu'elle s'engageait dans l'allée, la porte du garage vibra en s'ouvrant. Hunter sauta sur ses pieds et tourna en rond avant de se rasseoir. Il attrapa un coussin et le posa sur ses genoux, puis récupéra sa manette de jeu. Il recommença à jouer, avec un peu de chance, son halètement serait noyé par le son de la bataille.

— Salut, mon cœur ! lança sa mère en ouvrant la porte.

Depuis sa place sur le canapé du salon à l'avant de la maison, il ne pouvait pas encore la voir dans le hall, mais il put sentir le souffle d'air arctique.

— Salut !

Elle passa la tête à l'angle du mur et retira sa toque, une fine couche de neige tombant sur le carrelage. Ses cheveux étaient blonds comme les siens, ils s'échappaient du chignon qu'elle portait pour le travail.

— As-tu passé une bonne journée ? demanda-t-elle.

— Ouais, ouais. J'ai préparé le dîner. C'est probablement nul.

Elle pinça les lèvres.

— J'allais justement te demander quelle était cette merveilleuse odeur. Je suis sûr que ce sera délicieux, et merci.

Elle enleva son manteau et ses bottes, sa blouse violette en dessous était froissée.

— Je vais prendre une douche rapide, dit-elle en jetant un coup d'œil à la télé. Tu gagnes ?

Il venait juste d'être grièvement blessé parce qu'il accordait plus d'attention à son érection déclinante, mais il hocha la tête et lui adressa un sourire avant qu'elle ne disparaisse dans le couloir vers les chambres. Leur maison de plain-pied possédait trois chambres, deux salles de bains, et un sous-sol aménagé, qui était principalement utilisé pour le stockage, maintenant que Heather et

Hunter avaient (presque) déménagé. Il y avait un joli petit jardin à l'arrière avec un coin potager l'été. C'était la maison.

Dans la cuisine beige, le linoléum usé était froid sous ses pieds nus, il remua le chili dans la mijoteuse, humant le cumin et les autres épices. Ce n'était pas raffiné, mais ça atteignait son objectif. Il alluma le four pour réchauffer le pain croustillant. Le papier peint de la cuisine avait un motif avec des coqs, et chaque fois que sa mère regardait HGTV, la chaîne de télévision américaine spécialisée dans la décoration, elle parlait d'arracher les vieux placards bruns, d'installer un dosseret, un nouveau sol et un îlot. Mais ensuite, elle prêtait de l'argent à Hunter pour effectuer les remboursements mensuels de son prêt étudiant, donc elle ne pouvait pas se le permettre.

Son ventre se noua. Il avait été tellement sûr d'être en mesure de trouver un emploi pendant la période de grâce de six mois pour les prêts après l'obtention de son diplôme. Il avait travaillé comme serveur durant toute sa scolarité à l'université, mais cela avait été trop en plus des longues heures que les stages avaient exigées et les trajets jusqu'à l'appartement de sa sœur dans la banlieue de Mississauga.

Au moins, les entreprises avaient payé ses frais de transport, ce qui les avait fait paraître très généreuses. Hunter était prêt à payer son abonnement, mais à un certain moment, il avait besoin d'argent réel.

— Je t'entends t'inquiéter depuis l'autre bout du couloir, déclara sa mère en entrant dans la cuisine, ses pantoufles claquetant sur le carrelage.

Son pyjama en flanelle était décoré de chats endormis et ses cheveux mouillés retombaient sur ses épaules. Elle l'embrassa sur la joue.

— Ne t'inquiète pas, sois heureux.

— Est-ce que tu vas commencer à siffloter cette chanson ?

Elle dévissa le bouchon d'une bouteille de vin rouge et en servit deux verres.

— Probablement, admit-elle en lui tendant l'un d'eux. Du vin pour tes pensées.

Il le prit et sirota le vin boisé et épicé.

— Comme d'habitude. Que je n'arrive pas à trouver un vrai travail et que je vais finir par vivre dans ton sous-sol jusqu'à ce que tu me jettes dehors.

— C'est donc une bonne chose que je ne te jetterais jamais dehors.

Elle lui fit un clin d'œil, les rides autour de ses yeux se plissant alors qu'elle souriait. Elle avait cinquante ans à présent, mais elle restait vraiment belle. Le père de Hunter était un connard et un crétin pour l'avoir quittée, parce qu'elle était la meilleure. Hunter était bébé quand son père était parti, mais c'était bien qu'ils soient débarrassés de lui. Elle était sortie un peu au fil des ans, mais disait être célibataire et heureuse à présent.

Pourtant, Hunter ne pouvait s'empêcher de se sentir coupable que lui et sa sœur aînée aient déménagé. Sa mère se sentait-elle seule ici ? Elle ne s'en plaignait jamais, mais là encore, elle ne s'autoriserait jamais à se plaindre de quoi que ce soit d'important.

— Et pour info, ta sœur ne te mettra pas à la porte non plus.

Il soupira.

— Je sais, mais… c'était déjà assez pourri que je vive aux crochets de Heather depuis que j'ai obtenu mon diplôme. Elle et Rick ont été incroyables, mais ils ont le bébé maintenant. Elle ne veut pas que son petit frère occupe la chambre qui était censée être celle du bébé. Ce n'est pas juste qu'ils doivent mettre le berceau et tout le reste dans leur chambre. Je ne peux pas y retourner après le Nouvel An. Je dois trouver un autre logement. Abandonner l'idée de décrocher un vrai travail et retourner faire le serveur. Je gagnais bien ma vie.

— Hum.

Elle sirota son vin, adossée au comptoir.

— Tu parles beaucoup de trouver un « vrai travail ». Est-ce qu'être serveur n'est pas un vrai métier ?

— Si, bien sûr que ça l'est. Je veux juste dire, comme…

Il se frotta le visage puis reprit :

— Après l'université, tu es censé avoir une sorte de travail *d'adulte*. Une carrière.

— Et tu veux que ta carrière soit dans le marketing et la communication ?

Il haussa les épaules.

— J'ai un diplôme d'anglais et je sais écrire. Je ne veux pas aller à l'école pour donner des cours, parce que la seule raison pour laquelle je voudrais enseigner serait pour avoir des vacances d'été, et c'est une raison merdique. Donc, si je veux travailler dans une entreprise, la communication a du sens.

— Mais veux-tu travailler dans une entreprise ?

Il haussa à nouveau les épaules.

— Je veux gagner un salaire décent, un jour. Je ne crois pas avoir beaucoup d'options. Je n'aime pas travailler dans un bureau, mais la plupart des gens n'aiment pas ça, pas vrai ?

Elle sirota son vin et sortit des bols de l'armoire grinçante.

— Faut-il travailler dans un bureau pour avoir un « vrai » travail ? questionna-t-elle.

— Eh bien, ça dépend. Évidemment, tu travailles à l'hôpital et c'est une vraie carrière. Mais qu'est-ce que je vais faire avec un diplôme d'anglais si je ne travaille pas dans une sorte de bureau ?

— Faut-il en *faire* quelque chose ? N'a-t-il pas une valeur en soi ?

Hunter passa la main dans un gant de cuisine, tressaillant sous la vague de chaleur tandis qu'il sortait le pain et le laissait tomber sur la planche à découper.

— Tu es très philosophe ce soir, remarqua-t-il.

— N'est-ce pas ?

Elle rit et l'attira dans ses bras.

— Réfléchis-y un peu. Tu réaliseras qu'il y a beaucoup de personnes plus âgées que toi qui vivent encore chez leurs parents et qui ne savent pas quoi faire de leur vie. C'est courant de nos jours.

Elle s'écarta en fronçant les sourcils.

— Mais tu es toujours si dur envers toi-même. Et les stages non rémunérés devraient être illégaux.

Il haussa les épaules.

— Ils sont censés l'être, mais les entreprises trouvent des failles. Si tu te plains, tu peux deviner qui n'obtiendra pas d'emploi sur place à la fin.

— Ce sont des conneries, voilà ce que c'est. Tu as plus que payé ta part. Alors ne stresse pas, mon cœur. C'est les vacances. Tu trouveras une solution.

Quand ? Et si je n'en trouve pas ?

Hunter hocha la tête et sourit, repoussant l'inquiétude.

— Tu as raison.

— Toujours.

Elle lui adressa un clin d'œil.

Ils mangèrent devant la télé, comme d'habitude, regardant l'enregistrement d'une série policière qui avait été diffusée récemment. Alors que sa mère mettait les publicités en avance rapide, elle demanda :

— Alors, c'est quoi ce travail que tu as prévu pour demain ?

Un éclair de désir le traversa en songeant à son petit fantasme précédent. Hunter prit une bouchée de chili tout en haussant les épaules. Mais elle mit la télé en pause et attendit qu'il déglutisse. Il s'éclaircit la gorge.

— J'aide dans une ferme d'arbres de Noël. Le gars est un ami de John. Nick Spini.

— Oh ! Nick, répéta-t-elle en souriant. Hum. Je n'ai pas entendu ce nom depuis des années.

Son cœur fit un bond.

— Tu le connais ?

— Non, pas vraiment. Cependant, j'ai travaillé avec son compagnon. Le docteur McKinnon. Éric.

Son sourire devint triste et distant.

— Un homme si charmant. Toujours avec un sourire pour tout le monde, même après une double garde. Ce qu'il s'est passé était incroyablement tragique.

Hunter jouait avec sa cuillère, sa poitrine se serrant.

— Que s'est-il passé ?

Elle regarda au loin.

— Un garçon est passé à travers la glace, sur le lac Swiss, alors qu'Éric passait en voiture. Bien sûr, il s'est arrêté et a essayé de le sauver. Il avait appelé le 911 avant d'aller sur le lac, mais une plus grande partie de la glace a cédé et l'eau était tout simplement trop froide. Ils s'étaient tous les deux noyés au moment où la police est arrivée.

— Ouah.

Donc Nick *était* en effet gay ou bi ou peu importe, pourtant Hunter ne pouvait pas s'en réjouir après avoir entendu *ça*.

— Nick était dévasté, comme tu peux l'imaginer. Il a plus ou moins disparu. En fait, je l'avais oublié.

Des larmes brillaient dans ses yeux et elle secoua la tête, se concentrant à nouveau sur Hunter.

— N'est-ce pas triste ?

— Ce n'est pas de ta faute. Quand est-ce arrivé ?

Elle essuya ses yeux.

— Laisse-moi réfléchir.

Après quelques instants, elle dit :

— Ça doit faire sept ou huit ans maintenant. Oui, huit, je crois.

Une larme coula sur sa joue.

— Pauvre Nick. Comment ai-je pu ne pas penser à lui depuis si longtemps ?

— D'après ce que j'ai cru comprendre, il vit comme une sorte d'ermite, là-bas avec ses arbres.

Hunter se glissa plus près sur le canapé, passant son bras autour de ses épaules.

— Tout va bien. S'il te plaît, ne pleure pas.

Reniflant bruyamment, elle rit à moitié.

— Oh, ne fais pas attention. Je te jure, ces hormones me transforment en épave émotionnelle, ces derniers temps. La pré-ménopause a besoin de se manifester. Fortement.

En riant, il l'embrassa sur la joue et inhala le parfum frais de son shampoing aux herbes.

— Ces hormones ne savent pas à qui elles ont à faire.

Il fit une pause, puis ajouta :

— Je t'aime, maman.

— Eh bien, ne sommes-nous pas juste deux andouilles ce soir ? Merci, mon cœur. Tu sais que je t'aime aussi, affirma-t-elle en tapotant son genou. Et je suis si heureuse d'apprendre que tu passeras du temps avec Nick.

— Ouais. J'espère que ça se passera bien. Il n'est pas très sociable, je suppose. Mais John lui a demandé de remplacer le père Noël et il était vraiment très gentil avec les enfants.

Cela avait été incroyablement sexy de le voir écouter les enfants, comme si leurs demandes étaient tout ce qui l'intéressait, alors que Hunter savait qu'il s'ennuyait probablement à mort.

— Il m'a dit de venir demain, car il avait besoin d'être seul aujourd'hui. Tu es sûre que ça ne t'embête pas que je prenne la voiture pendant ton jour de congé ?

— Oui. Je ne fais rien demain, à part lire ma romance et me détendre. Le duc est sur le point de se rendre compte que le nouveau garçon d'écurie est en fait une jeune femme fuyant un ignoble vicomte.

— Oh, l'intrigue s'épaissit. A-t-il été confusément attiré par ce garçon d'écurie ?

Elle rigola.

— En effet.

— C'était le bon temps.

— Que dirais-tu d'un autre verre de vin pendant que nous finissons notre dîner ? Qui est délicieux, soit dit en passant. Et ne rejette pas le compliment en disant que c'était facile. C'est *délicieux*. Merci de l'avoir préparé. Maintenant, va me chercher plus de vin.

Hunter sourit.

— Oui m'dame.

Il s'en versa un autre également, car il était encore tôt. Plus tard dans la soirée, il réglerait trois alarmes et s'assurerait d'être chez Nick de bonne heure et prêt à l'impressionner. Et il allait *indéniablement* se branler sur son fantasme de s'asseoir sur les genoux de Nick et d'être très, très vilain.

— NON, NON, non !

Les pneus ne parvenaient pas à adhérer à la plaque de glace cachée, et alors que la route tournait, Hunter ne put rien faire d'autre que s'agripper au volant et s'accrocher alors qu'il glissait dans le fossé.

Son cœur battait dans ses oreilles alors qu'il s'immobilisait brusquement, la voiture penchant à présent de manière alarmante du côté passager, plongeant profondément dans une congère. La ceinture de sécurité s'enfonçait sur le côté de son cou. Pendant quelques respirations frénétiques, il ne bougea pas. Au moins, l'airbag ne s'était pas déclenché et ne l'avait pas frappé au visage.

Une vieille chanson de Bryan Adams sur Christmastime sortait de la radio, Hunter la coupa d'un doigt tremblant en marmonnant :

— Ouais, il n'y a pas vraiment de magie dans l'air pour le moment. Mais je vais bien.

Sa voix était faible et peu convaincante. Il bougea ses membres, rien ne semblait cassé. Il avait peut-être quelques contusions dues à la ceinture de sécurité, mais rien de majeur.

— Je vais bien, répéta-t-il.

Et maintenant, il était coincé dans un fossé au milieu de nulle part, et il allait être en retard.

— Bordel de merde !

Il tapa sur le volant, ses gants de cuir étouffant les coups.

Il faisait encore nuit, il n'avait jamais emprunté la route qui menait à la ferme de Nick. Les phares éclairaient toujours plus de neige tombant au milieu des arbres ombragés qui se dressaient autour de lui, la route étroite serpentant à perte de vue. Dans le rétroviseur, le haut banc de neige dans lequel il était coincé brillait d'un rouge fantomatique au-dessus de ses feux arrière, avec du vide au-delà. Il haleta brutalement, tremblant à cause de l'adrénaline persistante qui se déversait en lui.

En roulant vers chez Nick, il n'avait même pas vu un seul autre véhicule au cours de la dernière demi-heure. Il avait quitté la route goudronnée du comté depuis au moins quinze minutes, et l'allée privée de Nick, qui semblait assez longue sur l'application de navigation de Hunter, devait être à quelques kilomètres. Il saisit son téléphone du support fixé au tableau de bord et cligna des yeux sur l'écran, la bande rouge en haut lui envoyant un éclair de panique glaciale.

Recherche de réseau.

— Non ! Tu dois avoir du réseau !

Il secoua le téléphone, comme si cela pouvait être d'une quelconque utilité.

— Merde !

Agrippant le téléphone, il ferma les yeux, essayant de respirer.

Il était penché sur la droite. Sans la ceinture de sécurité qui le maintenait en place, il se serait écrasé du côté passager lorsque la voiture avait glissé dans le fossé. Mais peut-être que s'il démarrait le moteur, il serait capable de remonter et de sortir ? Très peu probable, mais il devait essayer.

— OK. Allez, Jacques. Tu peux le faire.

Sa mère avait ironiquement nommé sa voiture d'après un ancien pilote de course canadien. Hunter fit appel à tous les esprits de Noël, aux pilotes de course et à la justice de l'univers tandis qu'il appuyait sur l'accélérateur, laissant les pneus adhérer avant d'accélérer davantage.

La voiture trembla et se déplaça d'environ deux centimètres, le moteur tournant et les pneus patinant inutilement.

— Bon sang, Jacques !

Il tapa sur le volant et ferma les yeux, souhaitant plus que tout que ce soit un mauvais rêve. Il marmonna pour lui-même :

— D'accord, réfléchis. Tu peux gérer ça.

Il rit sans joie.

— Tu *dois* gérer ça.

Il rouvrit les yeux et coupa le moteur, le silence s'installa. Il devait commencer par appeler Nick, pour lui faire savoir qu'il serait en retard. En grimaçant, il se souvint du ricanement de Nick lorsqu'il s'était présenté en retard le premier matin. C'était totalement de sa faute, mais pas cette fois !

Nick comprendrait sûrement. Il était grincheux et bourru, mais il avait été gentil avec les enfants, en plus John et son mari étaient amis avec lui. Ce qui était arrivé à son compagnon était horrible, et Nick était probablement un gars formidable.

Il comprendrait.

Hunter tapota le pavé tactile de son écran avec son gant spécial, l'acide inondant son estomac alors qu'il fixait l'absence totale de barres. Sa voix était aiguë et tendue alors qu'il se parlait à lui-même.

— OK, je vais sortir et trouver un signal. Ça va aller.

Il ouvrit sa portière en luttant contre la gravité. Se préparant, il détacha sa ceinture de sécurité et grogna en chutant vers le bas. Son côté de la voiture pointait vers le haut, il dut sauter à quelques mètres du sol, ses bottes s'enfonçant dans la neige fraîche jusqu'aux genoux, son jean instantanément mouillé. Putain, il aurait dû porter son pantalon de neige.

Idiot !

Un peu de neige tombait en ville quand il s'était réveillé, mais rien d'exceptionnel. Il aurait dû savoir que la ferme serait dans la ceinture de neige. C'était incroyable de voir à quel point la configuration des vents, la présence ou l'absence de lacs et la montée et les creux des terres signifiaient qu'il y aurait quelques centimètres de neige dans une zone et trois fois plus près de là. Son application météo avait annoncé davantage de neige plus tard dans la journée, mais elle tombait de plus en plus épaisse, le vent soufflant réduisant la visibilité.

Hunter leva son téléphone, marchant en cercle à travers les congères de neige croissantes. Il faisait encore noir comme en pleine nuit et son téléphone brillait dans l'obscurité. Il se tenait au milieu de la route, la joie s'emparant de lui lorsqu'une barre apparut.

— Oui, oui !

Il tapota l'écran, ouvrant ses contacts, où il avait enregistré le numéro sous « Nick Père Noël ». Il lança l'appel, approchant le téléphone de son oreille. Son bonnet était dans la voiture et il épousseta la neige épaisse de ses cheveux, ses oreilles le piquant déjà. La température réelle n'était en fait pas bien loin de zéro – des condi-tions parfaites pour une neige humide idéale pour faire des bonshommes de neige –, mais le refroidis-sement dû au vent était mortel.

— Allô ? dit Nick.

— Salut !

Le pouls de Hunter s'accéléra.

— Je suis vraiment désolé. Je vais être en re-tard.

Il y eut un souffle irrité.

— Il est six heures cinquante-deux. Tu as huit minutes.

L'humiliation traversa Hunter, il se sentit petit

et stupide, même s'il voulait affirmer qu'il n'était pas si loin et qu'il aurait été là à l'heure, voire plus tôt, sans les conditions imprévisibles.

— Je suis désolé. C'est juste que…

— Ça n'a pas d'importance. C'était une erreur. Ne t'embête pas à venir.

— Attends ! Je… ce…

Hunter trébucha sur ses mots, puis se reprit :

— Laisse-moi expliquer. Ma voiture est dans le fossé.

Silence.

Le sang se précipita dans ses oreilles.

— Allô ?

Rien.

Éloignant le téléphone de son oreille, il fixa l'écran d'accueil. L'unique barre était toujours là. Nick lui avait-il *vraiment* raccroché au nez ?

— Tu es sérieux là ? cria-t-il à son téléphone.

Il ignorait s'il était plus furieux que blessé. Il n'aurait pas dû se soucier de savoir si Nick l'appréciait ou rechercher son approbation, mais… c'était le cas. Ce qui était pathétique.

Après avoir fait les cent pas, il s'arrêta et inspira profondément. Il n'avait pas fait un froid de canard quand il était parti, mais le vent se levait alors qu'une tempête semblait s'annoncer.

— OK. Maman a une assistance accident. Il faut juste les appeler. Aucun problème.

Il ouvrit la portière, s'appuyant sur un genou

pour pouvoir se pencher et atteindre la boîte à gants. Il bloquait la lumière du plafonnier, et il fouilla autour, tâtonnant pour trouver l'épais dossier en plastique. Quand il l'eut, il attrapa son bonnet et son écharpe en laine, sortit en rampant et ferma la portière.

— D'accord, assistance d'urgence, marmonna-t-il, programmant le numéro dans son téléphone et l'enregistrant. C'est parti.

Dès qu'il aurait de nouveau du réseau.

Après quinze minutes à marcher sur la route, gardant la voiture en vue tout en sautant, en priant et en agitant son téléphone, il dut déclarer forfait. Le soleil se levait, pour ce que cela valait… ce qui n'était pas grand-chose dans l'obscurité de la forêt, le vent s'étant définitivement levé et faisant baisser la température. La poudre de neige piquait ses joues et ses yeux, son nez était gelé.

De retour dans la voiture, il mit sa ceinture et alluma le moteur pour se réchauffer et réfléchir une minute. Il se frotta vigoureusement les mains dans ses gants, attendant que la chaleur arrive. Quelqu'un finirait forcément par passer. Il n'était pas *si* loin de la civilisation. D'autres personnes vivaient sûrement sur cette route, pas seulement Nick. Il n'avait pas vu de traces de pneus dans la neige, mais cela ne voulait rien dire. Les gens allaient travailler et revenaient.

Absolument.

Il tapota sur la radio, la basculant sur la station d'informations locale. La voix de la présentatrice remplit la voiture avec son ton sérieux.

— …alerte de bourrasque de neige est en vigueur, l'activité météorologique prévue arrivant plusieurs heures plus tôt que prévu et avec une intensité bien plus importante, y compris des vents soufflant à plus de soixante-dix kilomètres à l'heure en fin de matinée. La police provinciale de l'Ontario prévient qu'elle s'attend à imposer des fermetures de routes sur plusieurs axes de la région, notamment…

Le cœur de Hunter se serra alors qu'elle énumérait les noms de routes, y compris la route principale du comté qu'il avait quittée. Les chances que quelqu'un vienne s'effondraient en même temps que la visibilité.

— Fait chier, marmonna-t-il.

La peur commença à faire glisser ses doigts glacés le long de sa colonne vertébrale.

Les bouches d'aération commençaient à projeter de l'air chaud, Hunter retira ses gants et leva ses mains nues devant. Au moins, il ne gèlerait pas s'il faisait tourner le moteur par intermittence…

Haletant dans un véritable accès de panique, il coupa le contact et poussa la portière pour sortir. Il vacilla sur le sol, luttant pour retrouver son équilibre, les mains toujours nues. Une autre plaque de glace cachée l'envoya s'étaler à plat ventre, de la neige épaisse sur le visage. Il se redressa finalement sur les mains et les genoux, puis sur ses pieds, les jambes tremblantes.

Il jeta un coup d'œil à l'arrière de la voiture et, bien sûr, le tuyau d'échappement était complètement coincé dans le banc de neige et bouché.

— Ouais, une intoxication au monoxyde de carbone ne va pas m'aider, grommela-t-il.

Il se souvenait d'une histoire qu'il avait vue aux informations sur la façon dont le gaz mortel pouvait s'accumuler dans une voiture enneigée en moins de deux minutes avec le moteur allumé. Une mère et ses enfants étaient morts l'hiver précédent, et c'était arrivé à une vitesse folle.

Le pouls galopant, il inspira profondément l'air froid, enfonçant les poings dans les poches de sa veste de ski. Il se sentait bien, ni endormi ni confus. Il n'avait pas senti d'odeur d'essence dans la voiture, mais bien sûr, le monoxyde de carbone était inodore, donc ça ne voulait rien dire.

D'ailleurs, est-ce que je le saurais si j'étais confus ? Est-ce que je pense clairement ?

Il continua à prendre de profondes respirations, tournant le dos au vent et laissant la portière ouverte pour aérer la voiture. Lorsqu'il fut aussi certain que possible d'avoir toute sa tête — si on mettait de côté sa décision d'aller travailler pour Nick Spini —, il ouvrit le coffre, la neige de la congère lui arrivant jusqu'à la taille.

Il y avait de la litière pour chat afin de permettre aux pneus d'adhérer, une trousse de premiers soins, des cordons élastiques, le pneu de secours, le cric, et une couverture en laine. Pas de pelle, donc il ne pouvait pas déterrer la voiture. Il sortit la couverture et l'enroula autour de ses épaules avant de retourner sur le siège avant, restant assis pendant une minute à l'abri du vent.

Il essaya à nouveau d'obtenir du réseau, mais cela ne servit à rien. Même s'il était assez fort pour pousser la voiture hors du fossé, il avait besoin de quelqu'un derrière le volant pour appuyer sur l'accélérateur. Le seul moyen pour libérer Jacques était probablement avec une dépanneuse. Hunter ressortit, le bruit sourd de la portière se fermant étouffé par la neige.

À part le hurlement croissant du vent et sa propre respiration difficile, tout était silencieux au milieu des arbres. Et s'il restait assis dans la voiture glaciale et que personne ne venait ? Il serait à l'abri du vent, mais…

Hunter regarda la route déserte derrière et devant lui et écouta en retenant son souffle. Rien. Pas de bruit de moteurs au loin. Aucun signe de sauvetage. Il n'avait croisé personne sur son chemin depuis la route du comté, et c'était une sacrée longue marche, surtout si la route était fermée. La ferme de Nick devait être plus proche. C'était le dernier endroit où il souhaitait se rendre, mais c'était préférable à mourir de froid.

— Je n'arrive pas à croire que ce connard m'ait raccroché au nez, lança-t-il à la forêt. Quel foutu connard !

Son cri se perdit dans le vent. Le fait qu'il risquait réellement de geler était un poing glacé dans sa poitrine, mais il devait garder la panique à distance. Il pouvait suivre la route et espérer que le chemin privé de Nick ait un panneau. Au moins, il ferait quelque chose au lieu de simplement attendre en espérant.

Et si personne ne passait pendant des heures ? Il était très possible que personne ne le fasse. S'il attendait et essayait *ensuite* d'atteindre la maison de Nick, il serait en pire état et piégé dans encore plus de neige. Non, il ne pouvait pas rester assis là.

L'alarme de la voiture émit un petit bip joyeux lorsqu'il appuya sur le bouton de verrouillage, laissant Jacques derrière lui, alors qu'il se dirigeait péniblement vers ce qu'il espérait être le moindre de deux maux.

Chapitre Quatre

— ELLA, LAISSE ces maudits écureuils tranquilles ! cria Nick dans le vent alors qu'elle aboyait.

La visibilité était pourrie, mais c'était le propre des beagles. Son nez pouvait sentir un écureuil, une mouffette ou un raton laveur à des kilomètres, même si elle ne pouvait pas les voir. Elle semblait toujours déçue quand Nick ne voulait pas les chasser avec elle. Au moins, ils n'avaient pas beaucoup d'ours aussi loin dans le sud, bien que quelques-uns avaient été repérés l'été dernier.

Il releva le bord en fourrure de son chapeau de trappeur rouge, qui s'attachait sous son menton et protégeait ses joues. Il ne pouvait rien voir à plus de six mètres devant lui. Le météorologue n'avait pas annoncé un putain de blizzard, mais ces imbéciles avaient toujours tort, surtout avec le réchauffement climatique qui rendait le temps plus imprévisible que Nick ne pouvait s'en souvenir.

Mais blizzard ou pas blizzard, il fallait récolter.

Il démarra de nouveau la tronçonneuse, abattant un autre arbre de la parcelle de sapins Fraser d'un mètre quatre-vingts à deux mètres qui étaient prêts pour la vente. Ramassant l'arbre avec ses gants épais, il le secoua pour le débarrasser des aiguilles mortes. Ses muscles étaient déjà douloureux et il n'était même pas dix heures du matin.

Nick souleva l'arbre jusqu'à la presse à balles, le moteur de la machine ronde et rouge tournant toujours sous la bâche qu'il avait tendue. Il introduisit le sapin dans la bouche de la presse et ce dernier ressortit de l'autre côté, enveloppé de ficelle et prêt à être empilé.

Ella aboyait toujours après quelque chose situé vers la maison, son petit corps brun et blanc tendu. Nick plissa les yeux dans la neige. Ils se trouvaient dans le demi-hectare le plus proche de leur habitation, non loin de la route d'accès. Il allait devoir déneiger à nouveau avec le pick-up avant de pouvoir descendre le camion à plateau pour charger les arbres, et étant donné la façon dont la tempête s'était installée, cela attendrait probablement le lendemain. Il avait l'habitude de tout faire seul — travaillant facilement quatorze heures par jour du printemps à Noël — mais il aurait été agréable d'avoir une autre paire de bras.

Dommage que l'elfe sexy se soit révélé peu fiable au final.

Il rit de sa bêtise. Un *elfe sexy*. Nick aurait dû savoir qu'il ne fallait pas accepter de l'embaucher. Se présenter en retard était apparemment son modus operandi, et Nick avait une tolérance zéro pour ce genre de connerie, neige ou pas neige. Hunter aurait dû partir plus tôt et s'assurer d'arriver à sept heures précises.

Nick aurait dû savoir qu'il ne fallait pas... quoi ? Avoir de l'espoir ? Il grogna, fâché contre lui-même. Il était mieux tout seul, il aurait juste besoin de travailler plus dur. Il avait déjà expédié des milliers de sapins, mais maintenant qu'on approchait du quinze décembre, la demande était élevée, les gens débordés se dépêchaient pour acheter leurs arbres. La pépinière locale en avait demandé plus que d'habitude. Pourquoi avait-il accepté de jouer au père Noël et de perdre autant de temps ?

— Oui, je suis un râleur, Éric, dit-il aux arbres.

Ses mots furent avalés par le vent. Il n'était pas d'humeur à entendre l'écho des taquineries d'Éric dans son esprit.

Ella remontait la route d'accès et ses aboiements devenaient plus agités. Nick plissa les yeux, toutefois il ne put rien voir, Ella disparaissant. L'instinct lui disait qu'il ne s'agissait pas d'un écureuil ou d'une mouffette, alors il la siffla et éteignit la presse à balles, la couvrant complètement.

Laissant Ella grimper la première, il monta dans le pick-up, roulant lentement à travers le mur blanc, la charrue attachée à l'avant du véhicule dégageant la voie. Alors qu'il s'approchait de la maison, une tache sombre apparut et il freina brusquement, le pick-up cahotant.

— C'est quoi ce bordel ?

Son cœur bondit. Ce devait être Hunter, et Nick ne put lutter contre l'impatience de le revoir. Il réalisa qu'il souriait, bon sang. Avec un grognement, il reprit une expression neutre. Il avait dit à Hunter de ne pas venir, cela aurait dû s'arrêter là. C'était une distraction dont il n'avait pas besoin.

Il sortit du véhicule, Ella courant devant, et lança :

—Je t'ai dit d'oublier ça !

Puis il s'approcha.

— Pourquoi…

Il s'arrêta à quelques mètres de Hunter, qui clignait des yeux, Ella fouinant autour des genoux du jeune homme.

Hunter était couvert de neige. Elle recouvrait le pompon de son bonnet sombre en laine et la couverture enroulée autour de lui, elle saupoudrait son visage rouge battu par le vent, ses cils désormais blancs. Il tremblait, claquant des dents.

Nick regarda derrière lui et demanda :

— Où est ta voiture ?

— Dans un fossé, à quelques kilomètres avant

l'embranchement de ta route.

La voix de Hunter était faible dans le vent hurlant, sa respiration laborieuse.

— J'ai essayé de te le dire, mais tu m'as raccroché au nez.

Merde.

En dépit du vent glacial, la honte et le pur dégoût de lui-même réchauffèrent le visage et le cou de Nick, la bile remontant dans sa gorge. C'était vrai : il avait raccroché avant que Hunter ne puisse expliquer son retard. Seigneur, cela remontait à plusieurs heures ! Dans les bourrasques de neige, Hunter aurait facilement pu s'égarer et geler là dehors. Merde, il en avait l'air proche à cet instant. Nick savait mieux que quiconque à quelle vitesse la nature pouvait être fatale.

Repoussant les souvenirs aussi acérés que des rasoirs, il demanda :

— Es-tu blessé ?

Il saisit les bras de Hunter comme s'il pouvait deviner des blessures.

Hunter secoua la tête.

— Désolé de te déranger. La police provinciale de l'Ontario ferme des routes et je n'ai pas arrêté de chercher du réseau, mais ça ne capte pas.

Nick le conduisit jusqu'à la maison.

— Ne t'excuse pas. Viens.

À l'intérieur, Nick alluma le plafonnier. Habituellement, la grande fenêtre du salon ouvert et la fenêtre de la cuisine à droite derrière le petit vestibule et le placard fournissaient beaucoup de lumière naturelle, mais avec le blizzard, la maison était sombre. Au moins, il faisait chaud, même si Nick avait gardé le thermostat bas et n'avait pas encore allumé de feu.

Sur le large paillasson à l'intérieur de la porte d'entrée, il repoussa la couverture couverte de croûte de neige du dos de Hunter et celui-ci frissonna. Nick jeta ses lourds gants de travail et son chapeau dans un coin et essaya de chasser Ella qui s'attardait avec curiosité, reniflant avidement leur invité alors que Hunter enlevait ses bottes avant de se débarrasser de ses gants, de son bonnet et de son écharpe recouverts de neige. Ses doigts tremblèrent en caressant la tête d'Ella, puis il se débattit avec la fermeture éclair de sa veste de ski.

— Je m'en occupe, dit Nick.

Il la dézippa pour lui et la retira des bras de Hunter, l'accrochant à un crochet mural. Merde, il aurait dû l'écouter quand le garçon avait appelé. Il avait été bien plus en colère que la situation ne l'exigeait et maintenant la culpabilité le rongeait. Il enleva ses propres bottes, puis son pantalon et sa veste imperméables, finissant avec la polaire qu'il avait enfilé sur une chemise en flanelle à carreaux et un pantalon de travail thermique.

— Depuis combien de temps es-tu ici ? Pourquoi n'es-tu pas rentré tout de suite ?

Hunter se contenta de le regarder avec méfiance, frissonnant, les bras serrés autour de lui-même.

Nick se rendit compte qu'il avait plus ou moins *crié* ses questions. Il s'éclaircit la gorge et ajouta plus calmement :

— Je veux juste dire que ça n'était pas verrouillé. J'aurais voulu que tu entres.

Ella poussa avec impatience contre les jambes de Hunter, Nick fit claquer ses doigts et désigna le lit de son chien, dans le coin cuisine.

— Ella, couché. Maintenant.

Sur un unique aboiement de protestation, elle obéit.

— Je me suis dit que si j'entrais sans invitation dans ta maison, tu me tuerais probablement, chuchota Hunter d'une voix rauque, ses dents claquant.

Davantage de honte l'envahit, plantant profondément ses dents acérées en lui. Nick hocha la tête.

— Je comprends pourquoi tu as eu cette impression. Seigneur, tu es gelé. Es-tu sûr de ne pas être blessé ? Tu ne t'es pas cogné la tête ?

— Non, râla-t-il. Je ne roulais pas vite. Je sais conduire dans la neige ! ajouta-t-il, comme s'il s'attendait que Nick l'accuse d'imprudence.

— Je suis sûr que c'est le cas. Nous sommes obligés de savoir le faire par ici, surtout avec des tempêtes comme celle-ci qui soufflent sans avertissement. Ensuite, quand nous aurons des alertes, il n'y aura que quelques centimètres de neige et ce ne sera rien.

Les sourcils froncés, Hunter l'observa comme s'il essayait de résoudre une énigme.

— Ouais, marmonna-t-il.

— Allons te réchauffer.

Il repensa aux vieilles leçons de secourisme d'Éric.

— Si tu souffres d'hypothermie, l'eau chaude peut provoquer une arythmie, alors pas de douche chaude.

Il posa une main sur l'épaule raide de Hunter, le guidant vers l'épais tapis près du canapé, dans le salon. La maison en bois avait été construite dans un style rustique cabane/chalet, avec un plafond voûté et le couloir du premier étage ouvert à l'arrière avec une chambre de chaque côté. Elle était décorée simplement, bien que Nick ait fait des folies avec l'épais tapis bleu marine devant la cheminée en pierre.

Il plaça Hunter devant et le regarda, soudain conscient de la petite taille du garçon. Oui, Hunter tremblait de froid, mais Nick soupçonnait qu'il se recroquevillait aussi parce que Nick avait été réprobateur et cruel quand il lui avait raccroché au nez.

Faisant un effort pour adoucir son ton, il déclara :

— Ce jean a l'air mouillé. Qu'en est-il de ton pull ? Tu devrais les enlever. Je vais te chercher d'autres vêtements. Tiens bon.

Après un long moment, les yeux écarquillés, Hunter hocha la tête.

Nick se précipita à l'étage pour récupérer un sweat-shirt, un bas de pyjama en flanelle et des chaussettes épaisses. Hunter tremblait là où il l'avait laissé. Gardant son regard détourné, Nick l'aida à se déshabiller. Le chandail vert était humide autour du col et des poignets, et la moindre humidité était l'ennemie de la chaleur.

Nick souleva le tissu doux par-dessus sa tête, essayant d'ignorer à quel point les mamelons de Hunter étaient délicieusement rouges. Il s'agenouilla pour retirer les chaussettes humides de sueur ou de la neige qui avait pénétré par le haut de ses bottes. Hunter attrapa l'épaule de Nick pour garder son équilibre, sa main tremblant.

Décollant le denim froid et mouillé de neige le long des jambes de Hunter, les doigts de Nick effleurèrent les poils pâles, et il se demanda si ceux autour de l'aine de Hunter étaient aussi blonds, avant de se concentrer à nouveau sur les premiers soins.

Il laissa Hunter dans son boxer gris, détournant les yeux et l'aidant à enfiler le pantalon de pyjama et le sweat-shirt trop grands. Il tira fermement sur le cordon du pyjama, le nouant pour qu'il reste sur les hanches fines du jeune homme.

Il s'agenouilla avec les douces chaussettes de laine noire.

— Lève le pied.

Hunter se tint à nouveau à l'épaule de Nick, les doigts crispés et tremblants. Nick lui frotta les chevilles tout en remontant les chaussettes pour lui. Il se leva pour saisir l'épaisse couverture en polaire rouge pliée sur le dossier du canapé en cuir marron et l'enroula autour des épaules tremblantes de Hunter.

— As-tu soif ? demanda Nick.

Au signe de tête affirmatif de Hunter, il se rendit dans la cuisine et remplit un verre d'eau à température ambiante avec le pichet sur le comptoir. Ella gémit doucement, se retournant vers Hunter, désirant clairement le rencontrer correctement. Nick s'accroupit et la gratta derrière les oreilles avant de l'embrasser.

— Dans un petit moment. Reste ici.

Il lui lança une friandise qu'elle engloutit, comme toujours.

Hunter se tenait toujours là où Nick l'avait laissé, ne voulant apparemment pas s'asseoir. Il prit l'eau avec gratitude, en avalant une gorgée. Nick resta à proximité, au cas où les doigts de Hunter seraient trop tremblants pour tenir le verre, mais il semblait capable de le gérer.

Agenouillé devant le foyer en pierre, Nick frotta une longue allumette et la tendit vers le journal froissé fourré sous les bûches et le petit bois qui attendaient. Tous les matins d'hiver, il préparait la cheminée pour qu'elle soit prête à être allumée quand il rentrait.

Puis il prit le verre vide de Hunter et le posa sur une table d'appoint en bois. Les lèvres de Hunter n'étaient pas bleues, c'était bon signe, et son équipement d'hiver semblait de bonne qualité. Toutefois, il était resté trop longtemps dans le blizzard grandissant. L'allée de Nick depuis le chemin en terre représentait une longue marche par beau temps, sans parler des bourrasques de neige avec des congères profondes et ce vent mordant.

Sachant que le contact peau contre peau était préférable pour se réchauffer, Nick retroussa ses manches en flanelle et souffla dans ses mains.

— On devrait s'assurer que tu te réchauffes suffisamment. Mieux vaut prévenir que guérir, pas vrai ?

Hunter cligna des yeux, serrant la couverture autour de lui.

— Euh… d'accord ?

— Nous allons commencer par le tronc et aller vers les extrémités.

Il essaya d'imaginer qu'il était médecin,

comme Éric l'avait été, professionnel et détaché, alors qu'il glissait ses mains sous la couverture et le sweat-shirt, les enroulant autour des côtes de Hunter, ignorant le petit halètement de ce dernier et la façon dont ses yeux bleus s'assombrissaient. Ce n'était pas du désir. Non. Il avait froid ou était en état de choc.

— Oh ! lâcha Hunter avec un rire tremblant. Tu veux dire… Bien. Euh, merci ?

Il avait l'habitude de transformer ses déclarations en questions.

Hochant la tête, Nick frotta son dos, réchauffant sa chair tremblante. Quand il passa une main sur son ventre, Hunter sursauta et se balança, saisissant l'épaule de Nick. Leurs yeux se croisèrent, et *merde*.

Hunter allait être une complication dans la vie parfaitement ordonnée de Nick. Aucun doute là-dessus.

Baissant la tête, Nick se concentra sur la friction pour réchauffer le torse de Hunter. Il devait admettre qu'il avait été tellement en colère quand le garçon l'avait appelé ce matin-là parce qu'il avait été trop pathétiquement déçu. La veille, tout en abattant, mettant en balles et empilant des lots d'épicéa du demi-hectare arrière – alors qu'il aurait dû se délecter d'être seul après deux grosses journées de gens – il avait eu hâte de revoir Hunter. Hâte de faire sa connaissance. De lui apprendre.

Il s'était laissé aller à être… excité.

Au cours des huit années écoulées depuis Éric, il avait baisé d'autres gars, mais rarement plus d'une fois, et il n'avait pratiquement jamais été *excité* à cette idée. En plus, il n'y avait aucune garantie que Hunter souhaite même baiser avec lui, bien que l'instinct de Nick ait insisté pour qu'il le fasse. Hunter l'intriguait avec ses mots d'esprit et son énergie anxieuse et nerveuse. Il y avait quelque chose en lui que Nick désirait apaiser. Il en avait *envie* d'une manière qu'il n'avait pas connue depuis longtemps.

Il avait prévu la façon dont il apprendrait à Hunter à récolter, comment il lui montrerait à quel point il était vraiment fort. Quand Hunter avait appelé, il s'était senti comme le plus grand des imbéciles et n'avait pas écouté. Seigneur, en fait, il avait mis en danger la vie du jeune homme à cause de sa propre fierté. Il posa ses mains sur les épaules drapées de couverture, fixant ses yeux bleus méfiants.

—Je suis désolé, déclara-t-il. J'aurais dû t'écouter quand tu as appelé. Que s'est-il passé avec la voiture ?

Il saisit les bras de Hunter, remonta les manches en coton et frotta, désirant sentir à nouveau sa peau. Le feu brûlait avec régularité à présent, l'odeur musquée du bois brûlant, piquante dans l'air chaud. Hunter avait cessé de trembler et de claquer des dents, et il allait probablement très bien désormais, cependant Nick ne lâcha pas ses mains.

— Euh, j'ai roulé sur de la glace, répondit calmement Hunter. Je n'ai pas accéléré, mais j'ai dérapé dans le fossé. Après que tu as raccroché, j'ai perdu le réseau, donc je n'ai pas pu appeler l'assistance automobile. Et je ne pouvais pas sortir la voiture tout seul.

— Je suis vraiment désolé.

Et il l'était. Il serra doucement les mains de Hunter, frottant ses doigts.

— Tu es sûr que tu n'as pas été blessé ?

Il acquiesça.

— C'était juste…

Maintenant, un tremblement le parcourut.

— Un peu effrayant, acheva-t-il.

La honte éclata.

— Je peux imaginer. Ce n'était pas une promenade facile.

— Je me suis dit que si je devais mourir, je voulais d'abord te dire que tu étais un connard.

Il y eut un moment de silence à peine perturbé par le crépitement du feu réchauffant l'air. Hunter prit une inspiration, ses yeux s'écarquillèrent tandis qu'il ouvrait et fermait la bouche. Il avait l'air abasourdi par ses propres paroles, ses doigts recommençant à trembler alors qu'il ajoutait :

— Je… je… ce que je veux dire, c'est…

Au lieu d'un éclat de colère, Nick fut obligé de rire, une éruption libre et joyeuse.

— Honnêtement, plus de gens devraient probablement me le dire. Je le mérite.

L'appréhension qui avait assombri le visage de Hunter se transforma en un sourire, ce dernier illumina ses yeux bleus et plissa ses joues rouges couvertes de taches de rousseur. Il rit, un petit rire de plaisir et de libération qui était tout à fait charmant et authentique. Il avait l'air si jeune et d'une beauté enivrante, ses cheveux dorés en désordre à cause de son bonnet.

Ella aboya avec impatience et Hunter sursauta en riant nerveusement.

— Elle est mignonne.

Nick grogna.

— Elle a de la chance de l'être, marmonna-t-il, mais il lui sourit affectueusement. Elle pense que je te monopolise.

Il siffla doucement et hocha la tête, aussitôt Ella se précipita, volant pratiquement, ses oreilles brunes voletant et ses ongles cliquetant sur le plancher en bois.

— Ella, voici Hunter.

En riant, le garçon tomba à genoux sur le tapis bleu à poils longs, la couverture glissa de ses épaules pour s'évaser autour de lui. Le vieux sweat-shirt Banff de Nick pendait sur lui, le large col glissant sur ses clavicules. Nick eut l'envie absurde de passer son pouce sur la crête des os.

— Salut, ma fille. Ravi de te rencontrer officiellement.

Hunter la gratta derrière les oreilles et elle lécha avidement son menton avant de se laisser retomber.

— Tu veux un massage du ventre, hein ?

Nick les regarda, une étrange sensation gonflant sa poitrine.

Pour mémoire, cette sensation est le véritable bonheur d'être en compagnie d'un autre humain. Tu ne fais pas de crise cardiaque ou d'accident vasculaire cérébral, je t'assure.

Nick sourit avec ironie au commentaire imaginaire d'Éric.

Hunter gratta le ventre d'Ella.

— Elle est géniale.

— Oui. c'est vrai.

Ella était étalée sur le tapis, au paradis absolu, complètement innocente et sans artifice. Parfois, Nick l'aimait tellement qu'il pouvait à peine le supporter.

Il s'éclaircit la gorge.

— Veux-tu utiliser la ligne fixe pour appeler quelqu'un ?

— Oh. C'est vrai.

Hunter s'écarta d'Ella, presque coupable, et se releva. Ella se frotta contre ses mollets.

— Euh, je vais appeler l'assistance automobile et débarrasser les lieux ? À moins que tu veuilles me faire travailler un peu ?

Il jeta un coup d'œil par la fenêtre.

Nick plissa les yeux au tourbillon de blanc.

— Pas aujourd'hui, affirma-t-il avant de froncer les sourcils. Et je ne te mets pas à la porte. Je pensais juste que ta mère pouvait être inquiète.

Hunter prit une inspiration.

— Merde, elle l'est probablement. Ce serait génial si je pouvais l'appeler.

— Bien sûr.

Il vint à l'esprit de Nick qu'il était l'heure de déjeuner, son estomac gargouillant. Il ne buvait généralement qu'un café noir le matin avant de revenir des arbres pour un brunch copieux.

Il demanda à Hunter :

— As-tu faim ?

Le visage de Hunter s'illumina, et *bon sang*, il était beau.

— Je suis affamé.

— Du bacon et des œufs, ça te va ?

— Absolument. Es-tu sûr… c'est juste que…

Il secoua la tête, puis reprit :

— J'ai peut-être inhalé un peu de monoxyde de carbone, alors peut-être que tout cela n'est qu'un rêve, parce que tu es étrangement gentil maintenant ? Connaissant ma chance, je suis probablement inconscient et proche de la mort dans ma voiture.

Nick fut obligé de rire… et encore une fois, cela faisait du *bien*.

— C'est réel, je t'assure.

La blague de Hunter s'enregistra, immédiatement suivie d'inquiétude.

— Es-tu sérieux au sujet du monoxyde de carbone ?

— Oui, j'ai laissé le moteur allumé pendant quelques minutes et le tuyau d'échappement était vraiment bouché, mais ensuite j'en ai pris conscience et je suis sorti de la voiture rapidement.

— Bon garçon.

Il le dit sans réfléchir, les mots coulant naturellement. Nick était sur le point de s'excuser, au cas où cela semblerait condescendant, ce qui n'était vraiment pas son intention. Mais les mots s'évaporèrent en voyant la respiration de Hunter s'arrêter, son corps ondulant, sa langue dardant pour lécher ses lèvres.

Oh oui, regarde ça, murmura Éric dans l'esprit de Nick. *Il aime ça. Il veut être un bon garçon pour toi.*

Nick s'était senti horriblement coupable de désirer avoir des relations sexuelles après que le brouillard du chagrin s'était lentement levé au cours des premières années suivant la mort d'Éric. Mais avec le temps, le Éric dans son esprit l'avait encouragé. Bien que le chagrin ne le quitte jamais complètement, il avait reflué et s'était transformé au fil des ans.

Avant qu'il sache ce qu'il faisait, il s'approcha de Hunter, celui-ci l'observait comme un cerf dans des phares. Nick reprit la parole :

— Ça fait des heures, je suis sûr que tu vas bien. Mais laisse-moi regarder de plus près pour vérifier que tes pupilles ne sont pas dilatées.

— Oh. OK.

Hunter le fixa pendant que Nick se penchait.

Les pupilles de ses yeux bleus semblaient normales, ou du moins pas dilatées comme elles le seraient si quelque chose n'allait pas. La rougeur de la morsure du vent sur son visage s'était estompée, et la teinte rose de sa peau ressemblait maintenant à une chaleur saine… ou à de l'excitation et de la gêne, pas à un problème de monoxyde de carbone.

— Tout a l'air normal, annonça Nick, essayant de se rappeler les autres symptômes. Tu ne te sens pas étourdi ou somnolent ? Tu n'as pas mal au ventre ?

Hunter secoua la tête, le fixant toujours. Leurs corps n'étaient qu'à quelques centimètres l'un de l'autre, et ce n'était pas simplement la chaleur de la cheminée que Nick sentait le traverser. Il laissa échapper :

— Les lèvres.

La pomme d'Adam de Hunter sautilla, il sortit d'une voix rauque :

— Quoi ?

Puis il lécha lesdites lèvres, les faisant briller à nouveau.

Nick parvint à sourire.

— Des lèvres rouge cerise. C'est un autre signe.

Son regard tomba sur la bouche de Hunter et il serra les doigts pour résister à l'envie de les toucher.

— Les tiennes sont plutôt roses. Je pense que tu es hors de danger.

Il força ses yeux à remonter vers Hunter, sa peau picotant au désir évident qui brillait de ces profondeurs bleues.

— OK, dit Hunter en hochant la tête. Merci. Je pense que je vais bien. À moins que mon cerveau mourant ne soit simplement généreux en me laissant profiter de ce fantasme.

Une étincelle d'anticipation traversa Nick.

— Un fantasme ?

Le rougissement des joues de Hunter augmenta et il s'agita, essayant d'en rire, le regard baissé.

— Oh ! Simplement, tu sais. Euh, avoir chaud ?

Il désigna le feu avant de se laisser tomber sur le tapis pour caresser à nouveau Ella, au grand plaisir baveux de celle-ci. Hunter ne leva toujours pas les yeux vers Nick tandis qu'il ajoutait :

— Et avoir une chienne adorable à caresser. Le bacon également. Le bacon est incroyable.

— Il l'est, acquiesça Nick, essayant de ne pas sourire.

Oh oui, ce joli garçon te désire. Aucun doute là-dessus. Quel dommage que vous soyez coincés ici ensemble par un temps aussi terrible sans rien d'autre à faire…

Nick pouvait imaginer l'éclat dans les yeux bruns d'Éric et son rire malicieux. Le sourire de Nick s'estompa, l'une des autres choses que Hunter avait dites le tracassait.

— Je suis vraiment désolé pour tout à l'heure, et si je n'ai pas été très amical avec toi au centre commercial. Je ne…

Il expira bruyamment.

— Généralement, je ne suis pas doué avec les gens, mais je ne veux pas que ce soit « bizarre » si je me montre gentil.

Hunter leva alors la tête, ses yeux s'écarquillant.

— Oh, je ne voulais pas dire…

— Non, ne t'excuse pas. J'ai été un connard, comme tu l'as dit.

Sur une impulsion, il ajouta :

— Me laisseras-tu me rattraper ?

— Euh, eh bien…

Hunter prit une profonde inspiration, sa voix devenant rauque, sa main figée sur le dos d'Ella.

— De quelle manière ?

Les possibilités étaient infinies et des images de Hunter nu et se tordant sous ses mains et sa langue lui traversèrent l'esprit. Il parvint à garder son ton léger.

—Je vais commencer par le bacon. Vas-y, utilise le téléphone pour appeler qui tu veux.

Il s'échappa dans la cuisine, ses pieds en chaussettes glissant un peu sur le bois. Il posa la poêle en fonte sur la cuisinière avant d'allumer le gaz, la flamme émettant *whoomp* satisfaisant. Du coin de l'œil, il regarda Hunter sortir son téléphone portable de la poche de sa veste, Ella sur ses talons.

Nick ne put s'empêcher d'écouter Hunter retourner sur le canapé et appeler quelqu'un avec le vieux téléphone fixe sur la table d'appoint. Il parlait avec l'assistance automobile d'après ce qu'il entendait.

— *Demain* ? Waouh. D'accord, ouais. Dois-je rappeler, ou… hum, hum. Oui, je suis à peu près sûr de savoir où elle se trouve sur la route.

Hunter discuta davantage, donnant des indications. Nick se retrouva à sourire devant le bacon grésillant, Ella se frottant avidement contre ses jambes, l'attrait de la nourriture la ramenant dans la cuisine.

Il était clair que Hunter devrait rester pour la nuit. Ce serait un risque insensé et inutile pour Nick de tenter de le ramener à Pinevale avec son pick-up, et si les routes étaient fermées, cela ne servirait à rien.

Hunter allait devoir rester. C'était aussi simple que ça.

Chapitre Cinq

B IEN SÛR, LA présence de Hunter pour la nuit était une très *mauvaise* idée, pourtant Nick était incapable de s'empêcher de sourire quand il raccrocha avec l'assistance automobile.

— Je suppose que tu as tout entendu ? Ils sont largement débordés. Ils ont dit qu'ils viendraient demain et remorqueraient la voiture jusqu'à la maison de ma mère, ou un garage si elle était endommagée. Alors…

Nick sortit la boîte d'œufs du réfrigérateur, jetant un coup d'œil pour voir Hunter le regarder avec appréhension et une indéniable pointe d'impatience. Nick lui dit :

— Alors tu devrais rester cette nuit. J'ai une chambre d'amis. Tu seras en sécurité ici.

Hunter se mordit la lèvre.

— Ça ne te dérange vraiment pas ? Je ne veux pas être un casse-pied.

Nick pouvait presque voir l'insécurité et le doute de soi inonder l'esprit de Hunter.

— Je suis sûr que je peux trouver une solution. Peut-être que je peux…

— Tu peux rester. Tu seras en sécurité ici, répéta-t-il. Et tu es le bienvenu. D'accord ?

— Ouais ? OK, cool.

— Comment aimes-tu tes œufs ?

— Hein ? Oh ! Euh, pas trop cuits ?

— C'est comme ça que tu les aimes ? Tu n'en as pas l'air sûr.

— Si, dit-il en riant nerveusement. Pas trop cuits, s'il te plaît.

— Ça marche.

Nick se retourna vers la poêle et attrapa le bacon avec des pinces, déposant les lanières sur une assiette recouverte de papier absorbant tout en repoussant Ella.

Il réalisa avec angoisse que Hunter serait le premier homme à dormir sur place depuis la mort d'Éric. Quelques-uns étaient venus pour baiser, mais Nick n'avait jamais envisagé de leur demander de rester. Certes, il y avait un blizzard déchaîné et il ne pouvait pas vraiment mettre Hunter dehors.

Bien sûr, il entendit le ton taquin d'Éric dans son esprit au même moment.

Tu as envie qu'il reste et le blizzard est très pratique, pas vrai ? C'est un beau garçon. Pourquoi ne devrait-il pas rester ? Tu as été un grincheux solitaire trop longtemps, mon amour.

Nick ne pouvait pas contredire qu'il avait été seul depuis longtemps. Il ne s'était pas considéré comme particulièrement seul, mais… quoi qu'il en soit, il ne devrait pas s'emballer.

John avait dit que Hunter vivait à Toronto, ce ne serait évidemment qu'une aventure de vacances… en supposant que *cela* se produise. Hunter pourrait finir par dormir dans la chambre d'amis après tout. Il restait une nuit, il n'emménageait pas.

La voix de Hunter émana du canapé pendant que Nick cassait les œufs dans la poêle.

— Salut, maman. Ouais, c'est fou, hein ? C'est mauvais en ville ?

Il demeura silencieux quelques instants, puis il reprit :

— Waouh. Beaucoup plus de neige que prévu. C'est le blizzard ici. Et je vais bien, mais…

Il soupira lourdement.

— *Maman.* Je viens de dire que je vais bien. Veux-tu me laisser terminer ? La voiture a glissé dans un fossé, mais je ne suis pas blessé. Je ne pense pas qu'il y ait de dommages sur la voiture, mais je n'en suis pas sûr. L'assistance automobile a dit qu'ils viendraient la récupérer demain et la remorqueraient chez nous.

Après une pause, il dit :

— Je ne suis pas du tout blessé, je te le promets. Oui, je vais rester ici cette nuit. Ouais, ouais. Il est vraiment gentil.

Nick lui adressa un sourire narquois en attrapant le pain au levain au-dessus du réfrigérateur. Hunter continua dans le téléphone :

— OK. Je t'aime aussi, maman. Marche prudemment demain.

Il raccrocha.

— « Vraiment gentil » est un qualificatif généreux, releva Nick.

Hunter haussa les épaules.

— C'est comme avec les enfants. Tu étais vraiment adorable avec eux à la fin.

— Hum, commenta-t-il en retournant les œufs. Suis-je adorable avec toi à présent ?

Il n'avait pas voulu que ça sorte de manière suggestive, mais d'une manière ou d'une autre, c'était le cas.

Hunter remua sur le canapé, l'air un peu troublé.

— Je ne sais pas. Je suppose ?

La culpabilité demeurait présente.

— Ça aurait vraiment pu mal finir pour toi ce matin. Je n'avais pas réalisé qu'une tempête soufflait.

— Ça va, vraiment.

Nick mit deux tranches dans le grille-pain.

— Je ne sais pas si je mérite ton pardon.

— Eh bien, tu l'as.

Il n'y avait aucun doute dans le ton de Hunter, et quand Nick jeta un coup d'œil, le jeune homme hocha sérieusement la tête.

— Ne t'inquiète plus pour ça. Je vais bien, et tu te rattrapes, tu te souviens ?

Leurs regards se croisèrent et se soutinrent, la maison était silencieuse à l'exception du crépitement du feu et du grésillement des œufs. Nick hocha lentement la tête.

— J'y compte bien.

Oh, il allait bien se rattraper auprès de Hunter. Il allait…

Les toasts furent éjectés et ils sursautèrent tous les deux avant de rire. Nick fit rapidement glisser les œufs de la poêle sur des assiettes avant qu'ils ne soient trop cuits, et posa deux autres morceaux de pain dans le grille-pain.

— Peux-tu attraper des sets de table et des couverts ? Dans ces tiroirs.

Il hocha la tête dans leur direction.

— On peut manger près de la fenêtre.

Sa table à manger ronde en chêne robuste et ses quatre chaises assorties étaient installées près de la vaste paroi en verre.

Les pieds silencieux dans les grosses chaussettes que Nick lui avait données, Hunter se dirigea vers la cuisine. Il offrit à Ella – clairement déchirée entre lui et rester près du bacon – plus de grattouilles, puis mit la table en fredonnant un chant de Noël. « Joie dans le monde », pensa Nick. Il entendait rarement de la musique de Noël désormais – bien qu'il ait fait le plein au centre commercial –, pourtant il découvrait qu'il aimait le doux fredonnement de Hunter.

Nick alla chercher le pot de beurre, apporta leurs assiettes et leurs toasts sur la table, plaçant les assiettes sur les sets de table en liège qui représentaient des scènes de forêt et de lac peintes par le *Groupe des sept.*

Après avoir lancé un morceau de bacon à Ella, il désigna son lit et claqua des doigts. Elle s'en alla en avalant la viande. Elle leur ferait ses yeux de chiot, mais Nick ne la laissait pas mendier près de la table. Si elle était gentille, elle aurait une autre tranche de bacon quand ils auraient fini.

Alors qu'Hunter s'asseyait, il sembla se rendre compte qu'il fredonnait et s'interrompit avec une expression coupable.

— Pardon. Je n'arrive pas à me sortir cette musique de la tête.

Nick sourit.

— Les risques du métier. Du jus d'orange ? Ou je peux faire plus de café. Je n'ai pas de thé.

Étant Écossais, Éric en avait bu quotidiennement, mais Nick ne s'y était jamais mis.

— Le jus suffit, merci.

Hunter badigeonna son toast de beurre et le

trempa dans un œuf, en enduisant le jaune autour.

— Hum. Il est parfait.

Nick prit leur jus et s'assit en face de lui à la table ronde. Ils mangèrent dans un silence confortable, le vent hurlant, les arbres à peine visibles à travers le voile blanc. Le feu rugissait, les gardant au chaud pendant que Mère Nature faisait rage, et le repas était salé et copieux. C'était vraiment parfait. Nick ne se souvenait pas de la dernière fois où il s'était senti si... *paisible* en compagnie de quelqu'un.

Finalement, Nick prit la parole :

— John a mentionné que tu avais fait ton coming-out au lycée. Impressionnant.

Hunter haussa les épaules, essuyant avec sa langue un filet de jaune au coin de sa bouche.

— Mon seul moment de bravoure. J'étais tellement énervé par les moqueries que je n'en pouvais plus. Mon amie Shelby pense que la brute était probablement dans le placard. Peut-être qu'elle a raison.

— C'est souvent comme ça que ça semble se passer. Et je suis sûr qu'il y a beaucoup plus de courage en toi. Ne te sous-estime pas.

Hunter ricana.

— J'en doute.

Ignorant sa réplique, Nick demanda :

— Alors tu es allé à l'université de Toronto ?

Il prit une bouchée de pain chaud et beurré.

— Ouais, pour tout le bien que ça m'a fait. Si tu veux en savoir plus sur la nature arbitraire de la règle elle-même dans la légende Arthurienne, je peux tout te raconter à ce sujet. Pas très utile dans le monde réel. Mais j'ai toujours été nul en maths et en sciences… mon cerveau ne fonctionne tout simplement pas comme ça, tu vois ? J'ai donc obtenu mon diplôme d'anglais, et maintenant… je ne sais pas. J'ai pensé au marketing et à la communication, puisque je suis assez bon pour écrire. J'ai fait trois stages non rémunérés, principalement dans le domaine promotionnel. Il ne semble pas y avoir de véritables emplois. C'est un peu déprimant.

Nick se souvint de son jugement selon lequel Hunter voulait être payé pour être un elfe et il eut le sentiment d'être un connard.

— C'est frustrant. Cela dit, je ne crois pas que l'éducation soit inutile. Je ne suis jamais allé à l'université, et parfois j'aurais aimé l'avoir fait.

— Ouais, je suppose. J'ai juste l'impression que…

Il joua avec une tranche de bacon, la ramassa et en déchiqueta un morceau.

— Je devrais trouver un vrai travail, genre dans un bureau. Mais je ne pense pas que j'en ai vraiment envie. Je veux dire, je sais que la plupart des gens n'aiment pas leur travail, mais tout ce truc de neuf à cinq en ville ? Mon âme est déjà siphonnée. Mais évidemment, je dois l'accepter.

— Et être malheureux ?

L'incertitude et l'agitation de Hunter donnait envie à Nick de tendre la main vers lui. Il s'accrocha à ses couverts.

— Ne te rends pas malheureux en faisant quelque chose que tu crois « devoir » faire. Il y a beaucoup de choses que les gens pensent que *je* devrais faire. Mais je me connais.

— Ouais, je veux dire, tu es tellement…

Hunter agita la main et poursuivit :

— Confiant et tout.

Il mâcha le bacon et demanda :

— Aimes-tu ton travail ?

— Oui, tout à fait. Je l'ai toujours aimé.

— À quoi ça ressemble ? Je sais que tu coupes des arbres pour les vendre en novembre et décembre, mais qu'en est-il du reste de l'année ?

— Janvier et février sont calmes. Je vérifie toujours régulièrement les arbres, donc je reste occupé. Le printemps est la saison des semis, bien sûr. Il faut faire attention aux gelées tardives ici. Ensuite, les mois les plus chauds sont occupés par le désherbage et la gestion des insectes. La taille également pour s'assurer que les arbres poussent dans la bonne forme.

Hunter fronça les sourcils.

— Que veux-tu dire ?

— Les sapins Douglas ont généralement naturellement la forme de cône que les gens veulent pour leurs arbres de Noël, mais je dois quand même les surveiller. Le pin sylvestre a cependant besoin d'une taille régulière.

— Hein ? Je suppose que je pensais que les arbres de Noël… poussaient comme ça.

— Pas avec la forme parfaite, j'en ai peur. Mon travail serait beaucoup plus facile si je n'avais pas à les tailler et à les guider.

— Combien d'arbres as-tu ?

— Environ soixante-quinze mille sur vingt-cinq hectares.

Les sourcils de Hunter se haussèrent.

— Waouh. Ça semble beaucoup.

— C'est assez grand. Il y a des exploitations massives qui éclipseraient ma ferme, et des plus petites aussi. C'est beaucoup de travail pour une seule personne, mais je gère. Je suis habitué aux longues journées.

La voix d'Éric reprit : *Oui, parce que si tu es un bourreau de travail, tu n'as pas le temps de penser à la solitude que tu trouves ici.*

— Waouh.

Hunter se gratta le cou et les yeux de Nick tombèrent sur ses clavicules avant de les obliger à revenir sur son assiette.

— Est-ce que les gens viennent couper leurs propres arbres ?

— Sûrement pas, répondit Nick en grimaçant

à cette idée. Je vends aux pépinières et aux magasins. La dernière chose que je veux, c'est que des gens se promènent ici avec des haches dont ils ne savent pas se servir.

Hunter gloussa.

— Assez juste. Je me souviens d'être allé quelque part quand j'étais enfant, et nous avions fait une couronne.

— Hum. Je vends de la verdure pour ça. Les couronnes sont un bon business. Est-ce que ta mère fait un sapin ?

— Euh…

Hunter grimaça. Nick fut obligé de rire.

— Ne me dis pas qu'elle a un faux sapin. Tu sais que ces trucs resteront dans une décharge pour toujours.

— Je sais ! Si ça peut te consoler, c'est le même vieux sapin que nous avons depuis aussi longtemps que je me souvienne.

Il regarda autour de lui.

— Pour une ferme d'arbres de Noël, il y a un manque évident de décoration de fêtes.

Nick n'y avait pas vraiment pensé.

— Je suppose que oui. Cela ne semble pas en valoir la peine alors qu'il n'y a que moi et Ella. Elle essayerait probablement de tout manger de toute façon.

Il repensa à quelque chose que Hunter avait dit plus tôt.

— Où va ta mère demain ? Tu l'as mentionné au téléphone. Désolé d'avoir écouté aux portes.

— Ça va, difficile de ne pas entendre quand on est dans la même pièce. Elle travaille à l'hôpital, c'est assez proche pour y aller à pied puisqu'elle ne récupérera pas la voiture.

— Ah.

Des souvenirs lointains d'Éric et de l'immeuble en briques grises traversèrent son esprit.

— Quel est son nom ? John l'a mentionné, mais je ne m'en souviens pas.

— Pam Adams.

— Hum. Je ne sais pas si je l'ai déjà rencontrée.

Il réalisa que Hunter ne comprenait peut-être pas de quoi il parlait, mais avant qu'il ne puisse expliquer, Hunter hocha la tête.

— Je pense une ou deux fois. Elle s'est souvenue de toi. Et... de lui, évidemment.

Hunter jeta un coup d'œil vers la cheminée.

— Est-ce que... est-ce lui avec toi sur cette photo ?

La cheminée en bois rustique était une vieille traverse de chemin de fer, il y avait quelques photos encadrées dessus.

— Oui. Éric.

Nick regarda les photos de l'autre côté de la pièce, même s'il les avait vues un million de fois.

— C'était le jour de notre premier anniversaire. Il y a longtemps maintenant.

Le souvenir s'était estompé, un barbecue d'été au chalet d'un ami à qui Nick n'avait plus parlé depuis des années. Il s'était éloigné de presque tout le monde, et sans l'entêtement de John, il ne connaîtrait plus personne de leur ancien groupe.

— Il avait un grand sourire.

Nick sourit tout seul, des souvenirs doux-amers remplissant son esprit avant de s'estomper.

— Oui. Il était brillant, même s'il avait parfois du mal à y croire. Ses parents étaient durs.

Ils n'avaient pas non plus approuvé son homosexualité, et Nick était content qu'ils soient retournés en Écosse et qu'il n'ait jamais eu affaire à eux.

— Qu'en est-il de tes parents ? interrogea Hunter.

— Je n'ai jamais connu mon père. Ma mère est morte, il y a des années maintenant.

La douleur lointaine de sa perte était familière et douce-amère, à sa manière.

— J'ai perdu le contact avec le reste de la famille au fil des ans. Mon frère vit en Colombie-Britannique. Nous nous envoyons des e-mails de temps à autre.

Hunter resta silencieux un moment.

— Je ne connais pas mon père non plus. Ça craint, mais c'est comme ça. Ma mère est incroyable, et ma sœur aussi.

Nick se dirigea vers la cheminée et y jeta quelques bûches, des étincelles jaillirent. Il fit un signe de tête à la cheminée et aux autres photos encadrées d'argent.

— Le golden retriever s'appelait Max, et là c'est John avec Desmond, moi et Éric sur celle-ci.

— Je n'ai jamais rencontré Desmond, mais je suis sûr qu'il est génial. John a toujours été sympa avec moi.

— Ce sont de bons amis. Des amis têtus, heureusement pour moi.

De son lit dans la cuisine, Ella gémit. Nick rit.

— Tu veux bien lui donner le dernier morceau de bacon ? À moins que tu ne le veuilles.

— Je ne pourrais jamais la priver.

Hunter s'agenouilla près de son lit et elle lui lécha le visage pendant qu'il riait, le son doux et bas résonnant dans toute la maison. Il se releva et attrapa le bacon, Ella bondit pratiquement vers le comptoir.

Nick aurait dû la gronder, mais il ne le fit pas, car Hunter la nourrissait, riant toujours. Au lieu de cela, il commenta :

— Elle vit pour manger.

Le téléphone sonna et Ella aboya. Nick la fit taire alors qu'il allait décrocher le combiné près du canapé. Il avait toujours un vieux téléphone filaire, car les récepteurs sans fil ne fonctionnaient pas en cas de panne de courant et, en cas de tempête de verglas, l'électricité pouvait être coupée pendant des jours.

— Allô ?

La voix profonde et joyeuse de John emplit son oreille.

— Nick ! Comment ça se passe chez toi ? Je me suis dit que je devrais prendre des nouvelles.

— Nous allons bien. On a beaucoup plus de neige que prévu, mais nous avons encore du courant. Je n'ai pas à me plaindre.

— Nous, hein ? Je n'étais pas sûr que Hunter puisse arriver chez toi. Comment s'en sort-il ?

— Nous ne pouvons pas faire grand-chose tant que la tempête n'est pas passée, mais…

Il s'éclaircit la gorge.

— Je suis sûr qu'il sera un travailleur acharné. Pour l'instant, nous sommes sous la neige.

Le rire de John éclata.

— Tu le baises déjà, n'est-ce pas ?

— Quoi ? Non !

— Oh, n'essaye pas de le nier. Je te connais trop bien, mon ami. Si tu n'as pas encore exploité ce beau cul, tu le feras bientôt.

Nick grommela :

— Peu importe.

— Eh bien, ça me va, parce que j'ai une autre faveur à te demander.

— Non. Quoi que ce soit, c'est non.

— Il reste un week-end au Village du Père

Noël. Il y a du buzz en ville, à propos du père Noël sexy. Tu vis tellement en reclus et les gens sont curieux. Et si toi et Hunter couchez ensemble, je suis sûr que ça ne te dérangera pas de passer plus de temps à le reluquer dans ses collants.

Il voulait nier l'avoir maté, mais il ne pouvait pas avec Hunter l'écoutant – et parce que ce serait un mensonge.

— J'ai trop de travail.

— Puis-je te rappeler que c'est pour les bonnes œuvres ? Pense aux enfants.

— Tu es un fils de pute, tu le sais ?

— Ouais. Amusez-vous bien, Hunter et toi. On se voit samedi !

— Ouais, ouais.

Nick raccrocha et se tourna vers Hunter.

— Eh bien, je crois que nous ferons à nouveau équipe au Village du Père Noël ce week-end.

Hunter sourit.

— Je parie que John peut vraiment te faire faire quelque chose que tu ne veux pas.

Nick gloussa.

— Oui. C'est l'un des rares, admit-il en souriant à Ella. Avec elle, bien sûr.

Hunter joua avec la couture effilochée de l'un des poignets du sweat-shirt.

— Je suppose que nous sommes vraiment coincés par la neige, hein ?

— On dirait bien.

L'anticipation le traversa alors que Hunter s'approchait pour se tenir devant lui sur le tapis bleu.

Hunter demanda :

— Que devrions-nous faire ?

Il regarda Nick à travers ses cils épais. Essayait-il d'être… séducteur ? Nick ne pouvait honnêtement pas le dire, mais il l'espérait.

Bien sûr, la meilleure chose à faire serait de mettre une distance physique entre eux. Rester professionnel. Éviter les complications.

La voix d'Éric résonna à nouveau avant que Nick ne la bannisse.

Oh, comment allez-vous passer le temps ? Ce pauvre garçon a encore besoin de se réchauffer, sûrement…

Nick s'entendit dire :

— J'ai promis de me rattraper. Pour avoir été un connard ce matin.

Hunter le regarda, les lèvres entrouvertes. Il se gratta le cou, tirant sur le col bas du sweat baggy. Avant que Nick ne puisse mettre ses mains dans ses poches, il en tendit une et passa son pouce sur l'arête d'une clavicule. Hunter poussa un petit soupir.

Nick retira sa main.

— Je suis désolé. Je n'aurais pas dû faire ça. C'était inapprop…

Hunter se jeta sur lui, l'embrassant avec force,

ses bras s'enroulant autour de son cou et l'attirant vers le bas. Il avait apparemment trouvé un autre moment de bravoure en lui, et Nick se sentait étrangement fier de lui.

Le baiser était maladroit, mais… *oh*, la faim qu'il contenait enflammait le sang de Nick. Il ouvrit la bouche, pressant les lèvres de Hunter de s'ouvrir pour que leurs langues puissent se rencontrer.

Le sweat-shirt se retroussa sous ses mains et Nick caressa le dos de Hunter, s'arrêtant sur le coton de son sous-vêtement, même s'il souhaitait l'arracher, le pantalon de pyjama glissant bas sur ses hanches. Ella aboya en butant contre leurs jambes.

Gémissant alors qu'il haletait dans la bouche de Nick, Hunter se frotta contre lui, de l'électricité statique produisant des étincelles sur la flanelle de la chemise de Nick. Le garçon glapit et recula brusquement en riant. Nick sourit, et ils se moquèrent tous les deux d'Ella à leurs pieds, aboyant et confuse par ce que son maître faisait exactement.

Nick claqua des doigts, lui ordonnant de retourner dans la cuisine.

— Couché. Tout de suite.

Elle hésita, aboyant doucement et observant Nick et Hunter alternativement. Puis elle obéit, toujours tendue et leur lançant un regard résolument critique.

Riant doucement, Hunter passa ses paumes sur les pectoraux de Nick avec admiration.

— Oh, mon Dieu, ai-je vraiment fait ça ? Est-ce vraiment en train de se produire ?

Nick tenait la taille de Hunter.

— Veux-tu que ça se produise ?

— Oui.

Il acquiesça vigoureusement, croisant le regard de Nick.

— Tu te sens bien ?

— Hum, hum, souffla Hunter.

Ses bras serpentèrent autour de la taille de Nick alors qu'il enfonçait son membre gonflé contre sa hanche.

— J'aurais pu mourir là dehors et je ne sais pas vraiment ce que je fais, mais je suis sûr que j'en ai envie. J'ai besoin de…

Il haleta doucement, léchant ses lèvres.

— Je dois dépasser mes limites.

Il regarda Nick, son expression était ouverte et vulnérable.

— Pourrais-tu m'aider ? S'il te plaît ?

Nick glissa une main sous le sweat-shirt, taquinant l'un des mamelons de Hunter. Ce dernier frissonna alors que Nick formait des cercles avec son pouce.

— Tu as besoin de te dépasser ?

Tendu, Hunter baissa les yeux.

— Ça doit te sembler stupide. C'est un truc que mon amie Shelby dit et… peu importe.

Il était là, ce doute anxieux que Nick avait instinctivement envie de calmer. Il pouvait pratiquement entendre Hunter se réprimander, il voulait prendre le contrôle et lui donner la liberté de mettre un terme à ses inquiétudes. Pour l'aider à s'ancrer. Il appuya sa paume sur le cœur battant de Hunter.

Celui-ci doutait toujours et demeurait tendu.

— J'ai besoin de… je ne sais pas quoi. Je suis une telle épave.

— Peut-être que tu as besoin d'un Daddy.

Au moment où Nick le dit, cela parut être ce qu'il *fallait*, et bon sang, il le voulait. Plus qu'il ne le croyait.

Hunter le fixa, les yeux écarquillés, alors qu'il murmurait :

— Quoi ?

Il avait l'air vraiment choqué, ses mains s'agitant sur la taille de Nick avant de retomber, ses doigts se tordant anxieusement.

Bon sang. Nick était allé trop loin.

— Peu importe, répondit-il.

Il s'éloigna, bien que son corps protestât, son sexe exigeant une friction et ses mains restant avides de plus de peau.

— J'ai besoin de…

Il chercha des tâches à faire.

— D'attiser le feu et de sortir Ella.

Mais Hunter tendit la main, l'attrapant par sa ceinture.

— Attends.

Il regarda sa main, comme s'il était surpris de la voir s'agripper au cuir noir. Les sourcils froncés, il se lécha les lèvres.

— Voulais-tu dire…

— C'était inapproprié. Tu es probablement encore sous le choc de l'accident.

C'était la partie où Nick détacherait doucement les doigts de Hunter de sa ceinture et s'éloignerait.

D'une seconde à l'autre maintenant.

Hunter s'approcha, le tapis épais sous leurs pieds. Nick agrippa ses chaussettes en laine avec ses orteils au lieu de s'éloigner, comme il était censé le faire.

Ouais. D'une seconde à l'autre maintenant. S'écarter. Il était allé trop loin.

— Alors tu voulais dire comme… réessaya Hunter en clignant des yeux. Comme *ça* ?

Le désir était épais dans l'air avec la bulle de leur respiration et un jet d'étincelles dans la cheminée alors qu'une bûche se déplaçait. Nick ne pouvait pas se détourner des yeux bleus pleins d'espoir de Hunter, brillant d'une telle innocence et d'un tel désir.

Puis Hunter laissa tomber sa main et sa tête, les

épaules voûtées. Il croisa les bras comme un bouclier.

— Laisse tomber. Je suis un idiot. Le froid a manifestement affecté mon cerveau. Je n'aurais pas dû t'embrasser.

Soupirant d'un soulagement silencieux, Nick pouvait emmener Ella dehors, se rafraîchir, et lui et Hunter passeraient le reste de la journée à une distance polie l'un de l'autre, pendant qu'ils regarderaient des films. Le lendemain, Hunter rentrerait chez lui et Nick retournerait à sa solitude, tellement occupé par le travail qu'il aurait à peine le temps de penser à quoi que ce soit, encore moins au fait d'avoir échappé à l'alléchante complication dont il n'avait pas besoin dans sa vie.

Bien.

Cela aurait été la chose intelligente à faire, mais Nick ne pouvait pas supporter la défaite dans la voix de Hunter… et à quel point le tremblement était revenu alors qu'il regardait ses pieds, l'air insupportablement fragile.

Aussi, au lieu de s'éloigner, il dit clairement et avec confiance :

— Oui. C'est ce que je voulais dire.

Lorsque la tête de Hunter se releva, ses yeux s'écarquillèrent à nouveau et Nick soutint son regard et demanda :

— As-tu déjà eu un daddy ?

Hunter déglutit, sa pomme d'Adam s'agitant.

— Non, murmura-t-il. Mais j'en veux un.

Chapitre Six

*O*H, COMME IL voulait un daddy.

Hunter pouvait à peine respirer, craignant de rompre le charme s'il bougeait d'un pouce. Il leva la tête vers Nick, qui le regardait avec ses yeux gris voilés et intenses. Inébranlable.

De toute évidence, Hunter avait déjà entendu ce terme – comme des daddy en cuir ou autre –, mais il n'avait jamais vraiment compris jusqu'à *maintenant* que c'était *ça* dont il avait envie depuis si longtemps.

— Je ne… je ne sais pas quoi…

Mince, il voulait escalader cette montagne – et cet homme –, seulement il ne savait pas par où commencer.

Nick s'approcha, passant une main sur la tête de Hunter, déclenchant un doux frisson dans son dos.

— Tout va bien. Je vais te montrer.

Hunter ne savait toujours pas où il avait trouvé le courage de l'embrasser. Une autre impulsion audacieuse le saisit à la façon intense dont Nick balaya son corps du regard avec ce qui ressemblait vraiment, incontestablement, à du désir. Ses vêtements étaient amples et Hunter enleva le sweat-shirt puis le pyjama, sans même avoir besoin de dénouer le cordon, tant il était grand. Il agita ses pieds pour se débarrasser des chaussettes sur le tapis.

Il se tenait maintenant dans son boxer gris, respirant difficilement.

— Je sais que je suis trop maigre et que je ne suis pas musclé comme…

Nick pressa un doigt sur la bouche de Hunter.

— Tu es magnifique.

Puis il se pencha pour l'embrasser et Hunter songea que son cœur allait exploser.

Les aboiements d'Ella résonnèrent, elle se précipita vers eux, leur tournant autour avec agitation. Ils se séparèrent en riant. Hunter s'agenouilla sur le tapis et la caressa.

— Tu es une vraie casse-couille, hein, ma fille ?

— Ella, dit Nick. Il est temps de sortir.

Elle bondit pour obéir, remuant la queue alors que Nick se dirigeait vers la porte d'entrée. Un tourbillon de neige et d'air arctique s'engouffra. Hunter se vautrait dans la chaleur du feu sur sa droite. Il avait été gelé jusqu'aux os après avoir parcouru le chemin privé incroyablement long de Nick, mais maintenant une fièvre crépitait en lui. Être touché par ces grandes mains calleuses était tout ce dont il avait toujours rêvé.

C'était plus que surréaliste d'être à genoux, en sous-vêtements, sur ce tapis. Comment cela était-il réellement arrivé ? Nick avait été un tel connard en lui raccrochant au nez, mais ensuite il avait semblé inquiet et attentionné, son contact était si apaisant et fort.

J'espère vraiment que je ne suis pas mort en train d'imaginer tout ça. Bien que si je le suis, ce doit être le paradis.

Toujours agenouillé, il regarda Nick marcher... non, *partir en chasse* vers lui. Ses bras étaient poilus là où il avait retroussé les manches de sa chemise à carreaux, et avec sa barbe fournie et ses cheveux noirs parsemés d'argent – sans parler de ses muscles – il avait tout d'un *homme*.

Je vais dépasser mes limites, même si ça me tue.

La gorge de Hunter était sèche, il avait probablement besoin d'un peu d'eau, pourtant il ne bougea pas. Il attendit, respirant difficilement, ressentant le besoin de dire quelque chose. Il opta pour :

— Ce n'est pas dangereux pour elle d'être dehors par ce temps ?

— Non, elle adore la neige. Elle n'ira pas loin et elle peut utiliser son odorat pour trouver son chemin les yeux bandés. Elle pourrait jouer pendant des heures dans la grange à regarder les oiseaux dans les chevrons, si je la laissais faire.

— Super. Ouais, c'est… super.

Oh, mon Dieu, je vais vraiment baiser.

Nick inclina la tête, l'observant de près en demandant :

— Tu veux vraiment le faire ?

Prenant une profonde inspiration, Hunter répondit :

— Hum, ouais.

Le feu réchauffait sa peau, mais il avait encore la chair de poule. Il tenta de plaisanter.

— Il est un peu tard pour faire marche arrière maintenant.

Nick fronça les sourcils.

— Il n'est jamais trop tard pour changer d'avis et dire non.

— Oh, je sais ! Je ne voulais pas dire…

Merde, il foutait tout en l'air, comme d'habitude. Il se leva et s'approcha de Nick.

— C'était une blague stupide.

Ne le touchant pas encore, même si Hunter était à quelques centimètres de lui, Nick hocha la tête.

— D'accord. Si jamais tu souhaites arrêter, quelle qu'en soit la raison, dis-le simplement.

— OK. D'accord.

Seigneur, c'était si embarrassant d'être vierge.

N'avoir rien fait de pervers ou quoi que ce soit de ce genre auparavant était une chose, mais Nick allait-il vraiment vouloir coucher avec quelqu'un d'aussi ignorant ?

Avant qu'il ne puisse ajouter quoi que ce soit d'autre, Nick se pencha plus près, faisant courir ses paumes rugueuses sur le dos de Hunter jusqu'en haut de ses fesses. Il chuchota, son souffle semblable à une rafale chaude :

— As-tu besoin d'un daddy, Hunter ?

Le sexe à nouveau dur en un instant, il s'accrocha à la taille de Nick.

— Oui.

La sensation de la chemise en flanelle contre ses mamelons était tellement sexy, cependant il mourait d'envie de sentir cette poitrine poilue.

— Es-tu un bon garçon ?

Oh, mon Dieu. Hunter allait éjaculer dans son sous-vêtement.

— J'essaye de l'être.

— Hum. Alors tu es un vilain garçon parfois ?

Hunter se frotta contre lui, sentant l'érection de Nick à travers son pantalon de travail et désirant ce sexe en lui. Dans sa bouche, son cul… Hunter s'en fichait. Il voulait juste être possédé.

— Je suis un très vilain garçon parfois.

— As-tu besoin d'être discipliné ?

— Euh, ouais.

Nick claqua ses fesses. Fort.

— Les bons garçons répondent correctement.

— Oui.

Hunter hocha la tête, un frisson tirant sur ses testicules à ses propres mots alors qu'il ajoutait :

— Oui, daddy.

Avec un gémissement grondant, Nick l'embrassa, sa langue déferlant sur celle de Hunter. Il avait un goût de jus d'orange et de pin, ou peut-être était-ce l'odeur qui remplissait son nez quand Nick le prit dans ses bras, le soulevant presque du sol. Son baiser était autoritaire, Hunter gémit dans sa bouche, le désir brûlant en lui, toute trace de frisson éradiquée.

La barbe épaisse de Nick était merveilleuse-ment rugueuse contre son visage. Ils s'embrassèrent jusqu'à ce que la tête lui tourne, que ses lèvres picotent, la langue de Nick explorant et taquinant. Hunter s'accrocha à lui alors qu'il cherchait de l'air, sa salive s'écoulant entre leurs bouches. Nick passa son pouce sur la lèvre inférieure de Hunter, ses yeux intransigeants devenus noirs.

— Je te veux nu.

Hochant la tête, Hunter repoussa son caleçon et s'en libéra, sa queue jaillissant. Malgré sa bravoure précédente, il s'était demandé s'il devait ou non l'enlever, et quand. C'était un sacré soulagement d'avoir Nick aux commandes.

Ce dernier baissa les yeux sur son corps et Hunter s'agita, souhaitant pouvoir lire dans les pensées de Nick. Était-il trop maigre ? Son pénis n'était pas circoncis et plutôt long, il avait toujours pensé qu'il était d'une taille décente. Toutefois, il aurait aimé avoir plus de poils sur le torse et…

— Tu es vraiment beau, déclara Nick en prenant son visage entre ses grandes mains pour l'embrasser doucement. Tu n'as pas besoin de te soucier de quoi que ce soit. As-tu confiance en ton daddy ?

— Oui, murmura-t-il.

C'était peut-être dingue, puisqu'ils venaient de se rencontrer, mais il faisait confiance à Nick. Il repensa à lui dans ce costume de père Noël et à la façon dont il avait été si gentil et patient avec les enfants. La douceur avec laquelle il se comportait avec Ella et la façon dont il s'était occupé de lui.

Nick l'embrassa à nouveau, Hunter goûta un soupçon de bacon salé et merveilleusement gras. En fait, Nick avait *cuisiné* pour lui. Sa propre mère travaillait tellement que Heather et lui s'étaient souvent contentés de sandwichs. Nick cuisinant pour lui l'avait réconforté d'une manière qu'il ne pouvait pas vraiment expliquer.

« *Tu seras en sécurité ici.* »

L'ordre calme suivant de Nick apaisa sa tension. Il haleta quand Nick tordit ses mamelons.

— À genoux comme un bon garçon.

Un frisson le parcourut, Hunter fit ce qu'on lui disait. Nick le dominait, toujours dans son pantalon de travail et sa chemise à carreaux, et le simple fait de se tenir nu à ses pieds suffisait à faire palpiter son membre. Il ne savait pas quoi faire de ses mains, il tripotait ses doigts, attendant que Nick lui dise ce qu'il devait faire.

Nick repoussa les cheveux de Hunter, qui étaient probablement en désordre après avoir porté un bonnet pendant des heures.

— Les mains derrière le dos. Ne les bouge pas jusqu'à ce que je dise que tu le peux.

Hunter croisa les doigts derrière lui.

— Très bien.

Nick traça les lèvres de Hunter avant d'enfoncer son pouce à l'intérieur.

Hunter l'entoura de sa langue et suça, la fierté le traversant lorsque les narines de Nick s'évasèrent de désir.

— Tu veux sucer la queue de ton daddy ?

Les lèvres toujours enroulées autour du pouce de Nick, Hunter hocha la tête en gémissant. *Seigneur*, comme il désirait sucer cette queue. Nick dégagea son pouce et déboucla sa ceinture. Il libéra le cuir de ses passants, laissant tomber la ceinture sur le tapis avec un léger bruit sourd. Alors que Hunter l'observait avec impatience, toujours à moitié convaincu que cela ne pouvait pas être réel, Nick libéra son érection, son pantalon ouvert sur ses hanches.

Son sexe était circoncis, rouge et *gros*. Sa queue

était épaisse, ses bourses poilues pendaient lourdement. La gorge sèche, Hunter attendit, les doigts agrippés derrière lui pour ne pas le toucher accidentellement. Il brûlait de prendre cette chair dans sa bouche, d'enfouir son visage dans le pubis sombre et de s'en repaître.

Mais Nick ne semblait pas pressé. Regardant Hunter avec un petit sourire, il déboutonna sa chemise à carreaux, commençant par le bas, où son érection dépassait. Il passa ses doigts sur son membre épais, et Hunter n'aurait pas pu en détourner le regard pour tout l'or du monde. Il regarda chaque bouton se libérer, son cœur tambourinant tandis que le ventre et le torse de Nick se révélaient, poilus, musclés et *parfaits*.

Hunter ne s'était même pas rendu compte qu'il avait décidé de se prendre en main, le plaisir le traversant, jusqu'à ce que Nick aboie :

— Non.

Il adoucit son ton, alors que Hunter retirait brusquement sa main de son sexe.

— Ne te touche pas à moins que je t'en donne la permission.

— Je suis désolé, daddy.

Il noua à nouveau ses mains derrière lui.

— Je ne voulais pas.

— Je sais. Tu es un bon garçon.

Faisant glisser la chemise à carreaux dans son dos, il libéra ses bras et laissa tomber la flanelle sur le tapis. Son sexe impressionnant se dressait, son pantalon sombre toujours sur ses hanches. Il passa le bout de son doigt sur la bouche de Hunter.

— Ne bouge pas. Et surtout, ne te touche pas.

Hunter réprima un gémissement de frustration, regardant Nick jeter quelques autres bûches sur le feu, restant hors de portée des étincelles de l'âtre. Puis il monta à l'étage. Hunter tendit le cou pour le voir, prenant soin de ne pas trop bouger.

Nick disparut dans une chambre au bout du couloir exposé. Hunter retint son souffle, écoutant. Le tapis était doux sous ses genoux, il aplatit ses pieds et s'assit dessus.

L'anticipation le traversa. Bien sûr, il était nerveux, mais c'était comme si la pièce manquante d'un puzzle s'était enfin mise en place. Avec Nick, embrasser et toucher était agréable, comme si Hunter était fait pour ça. Il avait désiré Nick depuis le moment où il l'avait vu à moitié vêtu de ce costume de père Noël, et peut-être aurait-il dû avoir peur de se donner à un quasi-inconnu, pourtant ce n'était pas le cas.

« *Peut-être que tu as besoin d'un daddy.* »

Ses bourses picotèrent et sa queue dure tressauta. Il serra les poings derrière lui. Peu importait à quel point il voulait se masturber, il allait obéir… et cela lui procura une flambée de plaisir en soi. Le feu rugissait à sa droite, sa peau était merveilleusement chaude.

Il avait envie d'être touché, rempli, et il dépassait définitivement ses limites pour la première fois. Il le voulait. En avait besoin. Et il faisait confiance à Nick pour le lui donner. Il n'avait pas à s'inquiéter. Nick s'occuperait de lui.

John ne serait pas ami avec un tueur en série, pas vrai ?

Il rit dans sa barbe. Ses instincts lui disaient qu'il était en sécurité et il allait les écouter pour une fois, il refuserait de laisser l'anxiété tourbillonner comme une tornade. Restant à sa place, il détailla le rez-de-chaussée. La large fenêtre sur un pan de mur était devant lui, la table ronde rustique et les chaises se trouvaient dans la pénombre. À travers la vitre, il n'y avait que du blanc, et Hunter ne pouvait pas dire si cela provenait d'un ciel nuageux où de la neige.

Il jeta un coup d'œil à la cuisine sur la gauche. Il y avait un grand îlot avec deux tabourets et les placards étaient en bois sombre. La seule chose sur le comptoir, en dehors de la cafetière et du grille-pain, était une tasse. Les bols d'Ella étaient sur le sol, du côté gauche de l'îlot, le frigo à droite. Il n'y avait que quelques aimants sur le réfrigérateur, contrairement au méli-mélo coloré de la mère de Hunter.

La maison de Nick était propre et rangée, néanmoins elle avait l'air habitée. Le canapé en cuir marron avait l'air moelleux, les coussins du côté droit particulièrement usés, l'énorme pouf en cuir se creusait un peu de ce côté. Des coussins bleu marine et vert foncé étaient jetés sur la gauche.

À sa droite, l'énorme téléviseur au-dessus de la cheminée était noir. Il leva les yeux vers l'épaisse cheminée rustique. Il n'y avait pas encore de chaussettes suspendues. Hunter trouvait triste qu'il n'y en ait pas. Il avait toujours aimé le rituel de la décoration avec sa mère : faire des cookies au sucre, siroter du chocolat chaud, écouter ses CD de fêtes jazzy sur la vieille chaîne stéréo.

Il regarda les trois photos encadrées sur le dessus de la cheminée, se redressant à genoux et plissant les yeux. Éric avait été beau, des cheveux bruns courts, bouclés, une mèche pendant sur son front. Sur la photo, il riait et regardait Nick avec un sourire radieux. C'était affreux de penser à lui mourant dans un lac glacé, essayant de sauver un garçon condamné.

Sur la photo avec Éric, Nick souriait aussi et il était plus jeune, l'argenté ne mettant pas encore en valeur ses cheveux noirs. Il y avait une légèreté dans son expression qui serra le cœur de Hunter. Il voulait le connaître. Il n'avait jamais ressenti une telle attirance auparavant. Il voulait tout savoir.

Le sol grinça au-dessus, Hunter se remit en place, s'asseyant à nouveau sur ses talons, sans regarder Nick traverser le couloir et descendre lentement les escaliers. Son pouls s'accéléra. Il n'était pas sûr de ce qu'il avait fait là-haut. Avait-il ramené *quelque chose* ?

Alors que Nick se tenait à nouveau devant lui, Hunter fixa son énorme sexe, la bouche sèche. Il s'était un peu ramolli, mais était toujours épais et rouge, saillant. Hunter envisagea de se pencher en avant et de le lécher…

— Tu t'es touché ?

Se concentrant, Hunter secoua la tête.

— Pas même un peu.

Nick gloussa.

— Bon garçon.

Il n'eut pas besoin de se toucher pour qu'une autre puissante vague de plaisir déferle sur lui. Il regarda Nick baisser son pantalon et son slip noir, s'en débarrasser et les repousser d'un coup de pied. Il se tenait devant Hunter, les jambes légèrement écartées, dans toute sa gloire poilue et masculine, comme le dieu bûcheron d'un fantasme.

— Baise-moi, marmonna Hunter, sans avoir voulu parler à haute voix.

Prenant sa queue en main et lui donnant quelques coups de poignet, Nick s'approcha encore plus. Il traça les pommettes de Hunter avec son gland brillant.

— Plus tard. Si tu es un bon garçon.

Hunter trembla de désir, un frisson le parcourut jusqu'aux orteils.

— Je serai très gentil.

— Je sais.

Il traça des cercles sur les lèvres de Hunter avec son gland.

— Tu veux le sucer ?

— Oui.

C'était à peine un murmure.

— Puis-je ?

— Que de bonnes manières. Tu peux. Garde tes mains derrière ton dos.

C'est en train d'arriver. Je suis en train de le faire.

Avant que son cerveau ne puisse avoir des doutes et se mettre en travers de son chemin, Hunter ouvrit la bouche et avala le membre de Nick dans sa bouche, en absorbant autant qu'il le pouvait, le suçant comme si sa vie en dépendait. Nick gémit et ce fut de la musique aux oreilles de Hunter.

Il n'avait jamais sucé personne auparavant, mais il imitait ce qu'il avait vu dans du porno, reculant pour lécher le long de la longueur gonflée, traçant la veine bombée avec sa langue. Il était réellement en train de sucer la queue d'un autre homme. Il le *faisait*. La luxure le traversa.

Ses narines se dilatèrent tandis qu'il essayait de respirer, son rythme probablement maladroit et désordonné. Il lécha et suça, jetant un coup d'œil à Nick, qui l'observait les lèvres entrouvertes, sa poitrine se soulevant et s'abaissant rapidement. Ses sourcils étaient rapprochés en un léger froncement et il tendit la main sur la tête de Hunter, sans pousser ni tirer, le guidant simplement. Lentement, il commença à pousser, baisant sa bouche.

— C'est ça. Un si bon garçon pour son daddy.

Hunter gémit autour du sexe de Nick, le sien fuyant et si dur qu'il était sur le point de jouir sans se toucher le moins du monde. Il voulait s'étouffer avec cette queue jusqu'à ce qu'il n'y ait plus rien d'autre que la douleur dans sa mâchoire et la chair palpitante remplissant sa bouche. Il pouvait goûter le musc salé du liquide pré-éjaculatoire et il en voulait plus. Mais il était si difficile de respirer, il toussa, reculant, les yeux larmoyants.

Nick caressa sa tête.

— C'est bon.

Il tomba à genoux, caressant les bras de Hunter, dégageant ses mains de derrière son dos et les tenant. Pas trop serré ou lâche, mais solidement.

— Quand tu as dit que tu ne savais pas quoi faire...

Il pencha la tête, observant Hunter de près.

— Qu'est-ce que tu voulais dire exactement ?

Hunter déglutit difficilement, se tortillant d'embarras. Il pouvait sentir la salive couler du coin de sa bouche. Était-il si mauvais en fellation que c'était si évident ?

— Je n'ai jamais fait grand-chose. Embrassé

quelques fois et rouler des pelles lors d'une soirée. C'est tout.

Il baissa les yeux, le visage brûlant.

— Je suis… genre, puceau ?

Nick émit un son essoufflé qui était peut-être un soupir et la peau de Hunter le démangeait, l'acide tournant dans son estomac.

— Je suis désolé. C'est pathétique. Je ne sais pas pourquoi je ne l'ai pas encore fait. Je suis trop… noué, tu vois ? Dans ma tête, je veux dire.

Il essaya de rire.

— C'est lamentable.

Nick souleva le menton de Hunter avec son doigt et le fixa droit dans les yeux, de ce regard gris si assuré.

— Ce n'est pas lamentable. Il n'y a rien de mal à prendre son temps.

Son cœur bondit.

— Tu veux dire… ça ne te dérange pas ?

— Si ça me *dérange* ?

Il secoua à nouveau la tête, souriant gentiment. Il se pencha et effleura ses lèvres en murmurant :

— Bébé, ça ne me dérange pas du tout. Tu te débrouilles si bien. Je suis très fier de toi.

La poitrine de Hunter se gonfla d'émotion alors que Nick l'embrassait pour de vrai à présent, leurs langues se rencontrant, ses mains errant jusqu'aux fesses de Hunter, leurs genoux se pressant ensemble sur le tapis. Puis Nick poussa pour se remettre debout, entraînant Hunter avec lui, presque sur ses pieds.

Il demanda :

— Tu veux que je te prenne ?

La tête légère, Hunter hocha la tête.

— S'il te plaît.

Il enroula ses bras autour de la taille de Nick et frotta sa joue contre son cou barbu.

— S'il te plaît, prends-moi, daddy.

Nick expira lourdement, caressant les fesses de Hunter, les serrant.

— Tu as besoin de ma queue, hein ?

— *Oui.*

Il vibrait de désir, impatient et nerveux à la fois, mais il ne reculait pas.

Nick l'embrassa profondément, suçant sa langue. Hunter se demanda s'il pouvait goûter sa propre queue. Puis Nick étendit la couverture abandonnée sur le canapé et s'assit au milieu, exhortant Hunter à chevaucher ses jambes puissantes. Des poils chatouillèrent l'intérieur des cuisses de Hunter et il se balança, évasant ses doigts sur la poitrine large, glissant ses ongles à travers la toison grossière.

Il y avait une bouteille de lubrifiant sur le coussin du canapé à côté d'eux, ainsi qu'un préservatif enveloppé de papier d'aluminium. Après avoir enduit ses doigts, Nick passa la main derrière Hunter et fit des cercles sur son orifice, le bout d'un doigt le taquinant. Il regarda attentivement Hunter en enfonçant à peine une phalange à l'intérieur.

— Est-ce que tu t'es déjà fait ça ?

Haletant déjà, Hunter hocha la tête.

— Quelque fois.

Avec ses genoux sur le canapé à côté des hanches de Nick, il utilisa l'effet de levier et se souleva de quelques centimètres pour pouvoir pousser sur le doigt de Nick.

— Tellement vilain, murmura Nick avec un sourire, pressant un autre doigt lubrifié en lui sans avertissement.

Hunter haleta, se tendit avant de redescendre, adorant la brûlure alors que les doigts le pénétraient.

— *Oh*, murmura-t-il.

Il n'avait jamais ressenti ça quand il s'était doigté. L'angle était tellement meilleur, son cul s'étirant. Leurs verges étaient dures, cognant l'une contre l'autre avec des frictions taquines.

— Tu vas être si serré autour de ma queue. Tu vas faire jouir ton daddy si fort.

Rougissant de fierté, Hunter serra ses fesses, ignorant la douleur.

— Oui.

De son autre main, Nick taquina les mamelons de Hunter, les pinçant et les faisant rouler jusqu'à ce qu'ils piquent merveilleusement, hypersensibles et durs. Il continua à étirer son cul, les sensations se répercutant sur Hunter jusqu'à ce qu'il ne puisse que gémir.

Finalement, Nick retira ses doigts et Hunter gémit à la perte. Nick l'embrassa longuement, lentement.

— Ne t'inquiète pas, bébé. Tu vas être si plein que tu penseras pouvoir te déchirer. Mais ce ne sera pas le cas, je te le promets. Je suis là. Je prendrai soin de toi.

Il le repoussa plus haut sur ses genoux, et Hunter s'accrocha à ses épaules pendant que Nick déroulait le préservatif et l'enduisait de davantage de lubrifiant.

— Voilà. Prends ma queue comme je sais que tu le peux.

Hunter se laissa retomber, tâtonnant pour aligner le gland avec son entrée. Passant sa paume sur le dos de Hunter, Nick murmura :

— Lentement et régulièrement. Ne te fais pas de mal.

Il haussa un sourcil noir.

— Crois-moi, je ne vais nulle part.

Il aida à pousser son sexe contre l'ouverture de Hunter.

Avec un rire tremblant, celui-ci essaya de se détendre face à l'intrusion.

— Tu es si gros, lâcha-t-il sous la brûlure intense.

— Tu peux le faire. Je sais que tu le peux.

Il regardait Hunter avec une telle confiance.

Hunter prit une profonde inspiration et souffla. Fermant les yeux, il s'accrocha aux épaules de Nick alors qu'il s'abaissait. Ses cuisses tremblaient, l'étirement lui faisant monter les larmes aux yeux, tandis qu'il s'empalait sur le membre. Puis ce fut comme si quelque chose avait cédé et il gémit en l'enfonçant complètement, laissant la gravité l'aider.

— Regarde-moi.

Dans un état second, Hunter obéit, ouvrant les yeux. Nick caressa doucement sa colonne vertébrale.

— Bon garçon. Tu es incroyable.

Il se pencha pour passer ses doigts autour du bord de l'anus étiré, là où ils étaient joints.

— Qu'est-ce que ça fait de m'avoir en toi ?

— Plein.

Hunter rit en secouant la tête.

— Je ne peux pas croire que ça arrive. Je ne m'attendais pas à ça quand je me suis réveillé ce matin.

La poitrine de Nick gronda de rire.

— Moi non plus. Pourtant, nous y sommes.

Il attrapa la bouche de Hunter dans un baiser, puis murmura contre ses lèvres, sa barbe chatouillant.

— Tu es magnifique.

Il saisit les hanches de Hunter et les souleva.

— Si doux et serré pour ton daddy.

Hunter ne put que crier alors que Nick le harponnait à nouveau. Il s'obligea à se détendre – enfin, autant qu'il le pouvait avec une énorme verge l'écartelant – s'abandonnant et se laissant aller. Il commença à monter et descendre, s'adaptant à la cadence de Nick. Ce merveilleux membre l'étirait et le remplissait plus profondément qu'il ne l'aurait cru possible.

Le plaisir effaça la douleur et le sexe de Hunter se raidit, désireux d'une friction. Mais il gardait ses mains plantées sur les larges épaules depuis que Nick lui avait dit de ne pas se toucher. Il réalisa que les cris et les gémissements qui remplissaient l'air étaient les siens, et une vague d'embarras l'envahit à l'idée d'avoir l'air impudique. Il referma la bouche d'un coup sec.

— Non.

Nick enfonça ses doigts dans ses hanches.

— Laisse-moi t'entendre. Tu aimes ma queue, pas vrai ? *Pas vrai ?*

— Oui ! admit Hunter.

Il lâcha un autre cri aigu alors que la pression frappait sa prostate juste comme il fallait.

— N'aie pas honte. Tu es splendide.

Nick poussait plus fort à présent, attirant Hunter vers le bas dans un rythme vigoureux.

— Tu es fait pour ça. Fait pour ma queue.

La sueur brillait sur le front de Nick, dans le creux de sa gorge, et Hunter se pencha pour la lécher, le sel piquant sur sa langue. La sueur s'accumulait sur sa propre peau, à cause de la chaleur du feu dans son dos… la chaleur de *partout*. Il allait jouir avec tout ça, ses muscles tremblant alors qu'il suppliait :

— S'il te plaît.

— Tu veux jouir, bébé ?

— Oui, coassa-t-il. J'en ai besoin.

— Crois-tu que tu t'es suffisamment bien comporté pour que ton daddy te laisse jouir ?

Hunter hocha la tête si fort que ses mâchoires claquèrent. Avec un sourire, Nick enroula sa main autour du sexe de Hunter, la tournant et la remontant.

— Jouis comme un bon garçon.

Après seulement trois caresses, Hunter explosa, aspergeant la poitrine de Nick de sperme. Voir les gouttes blanches atterrir sur les poils noirs fit jouir Hunter encore plus fort, il serra convulsivement le membre de Nick en lui tandis qu'il giclait à nouveau, ses cris résonnant à travers les chevrons.

Il s'accrocha à Nick, haletant alors que ce dernier éjaculait en lui, gémissant tandis qu'il jouissait à son tour. Hunter aurait aimé qu'il n'y ait pas de préservatif afin de pouvoir sentir l'humidité du sperme en lui.

La tension se relâcha finalement et il

s'effondra, Nick le tenant contre lui, caressant sa peau fiévreuse en murmurant :

— Un si bon garçon.

Haletant doucement contre son cou, Hunter l'embrassa.

— Merci, daddy.

Les pères Noël des centres commerciaux n'étaient pas censés être sexy et ils n'étaient pas non plus censés être des bûcherons sexy qui vous baisaient à tour de bras et vous donnaient envie de plus. On aurait dit que cela remontait à des jours que Hunter était resté coincé dans le fossé et s'était gelé le cul en marchant péniblement dans le blizzard. Maintenant, il était en sécurité, au chaud et *enfin* il n'était plus vierge. Le sexe ramolli de Nick était toujours en lui et c'était incroyable.

Il ne s'était jamais demandé si les miracles de Noël étaient réels, mais il décida qu'il y croyait définitivement.

Chapitre Sept

ELLA N'ABOYAIT PAS, ne grondait pas vraiment, mais elle faisait les cent pas au bas de l'escalier en émettant un petit bruit de mécontentement, suivi d'un gémissement intense. Nick ignora son envie de redescendre pour lui donner un autre baiser et une friandise, alors que lui et Hunter s'approchaient de la porte de la chambre, juste avant vingt et une heures.

— Mince, dit Hunter. Elle ne veut pas être laissée pour compte.

— Elle sait qu'elle n'a pas le droit de monter à l'étage. C'est seulement parce que tu es là et que tu es sa nouvelle personne préférée au monde depuis que tu l'as gâtée toute la journée avec des massages du ventre.

Hunter sembla ravi de cette information, un sourire éclatant sur le visage.

— Tu vas me manquer aussi, ma fille, lança-t-il. Je te verrai demain matin.

Le sweat-shirt pendait sur lui et il avait retroussé les manches sur ses poignets. L'une avait glissé à présent et il joua avec le revers, regardant nerveusement Nick.

Un *puceau*.

Nick ne l'aurait jamais deviné, vu à quel point Hunter était magnifique et qu'il avait fini l'université. Comment avait-il pu ne pas avoir de relations sexuelles avant aujourd'hui ? Il avait supplié si joliment, et Nick avait voulu lui faciliter la tâche : faire en sorte que ce soit aussi bon que possible pour sa première fois. Il était convaincu d'avoir réussi, en tout cas pour sa part, il avait eu l'orgasme le plus puissant dont il se souvenait depuis longtemps.

— Laisse-moi juste lui donner une minute de plus.

Hunter se dépêcha de redescendre les escaliers, retenant le pyjama trop grand, Ella glapissant de joie et léchant son visage, alors qu'il s'agenouillait pour la caresser, riant tandis qu'elle bavait sur lui. Nick les regarda avec un sourire.

Hunter et lui avaient passé le reste de la journée à regarder des films, et Nick devait admettre qu'ils s'étaient... *câlinés*, Ella reposant sur leurs genoux, sur le canapé, pour y être pourrie gâtée, le feu crépitant et des fusillades sans importance éclatant à la télévision.

Cela avait été le jour le plus relaxant dont Nick pouvait se souvenir depuis des lustres. Il n'y avait plus eu de conversations daddy/garçon ; il préférait garder ce jeu de rôle pour le sexe et ne pas le laisser s'infiltrer dans la vie de tous les jours. Certaines personnes appréciaient une dynamique Dom/soumis constante, mais Nick aimait un équilibre plus égalitaire.

Non pas que Hunter et lui aient une routine, une *vie* ensemble ou quelque chose d'approchant. Seigneur, ils venaient à peine de se rencontrer – c'était encore le premier jour. Ce ne serait qu'une diversion temporaire. Hunter n'aurait peut-être même plus envie de faire l'amour, même si Nick espérait vraiment qu'il en aurait envie. Nick n'avait rien initié d'autre, et bien qu'ils se soient assis très près sur le canapé, Hunter serré sous son bras, ils ne s'étaient que brièvement embrassés.

Sur le seuil de sa chambre, cela le frappa à nouveau : Hunter était le premier homme à passer la nuit ici depuis la mort d'Éric. Il hésita un instant lorsque les pas du garçon montèrent doucement les escaliers vers lui, puis il ouvrit complètement la porte et alluma le plafonnier.

Il avait baisé d'autres hommes dans ce lit, un nouveau qu'il avait acheté quelques années auparavant. C'était plus qu'insensé de faire tout un plat du fait que Hunter dormirait ici.

— C'est sympa, commenta Hunter en le suivant timidement et en regardant autour.

Il ferma la porte, riant, tandis que l'aboiement de protestation indigné d'Ella résonnait.

— Merci. C'est confortable, reconnut Nick.

Il observa autour de lui : le lit king-size dans un cadre en bois rustique à droite, des tables de chevet assorties avec des lampes en verre orange foncé, une grande commode et des tapis multicolores de chaque côté du lit.

Hunter fit un signe vers l'œuvre d'art encadrée : des impressions d'arbres balayés par le vent du *Groupe des sept*.

— Elle est jolie.

Il s'approcha de la fenêtre opposée à la porte et écarta un rideau sombre.

— Oh, il y a une rivière ! Je crois.

Il mit ses mains autour de ses yeux.

— Pas beaucoup de lune ce soir avec les nuages, mais au moins, la neige a cessé de souffler.

Nick éteignit la lumière pour qu'ils puissent mieux voir avant de le rejoindre, leurs bras se frôlant. Il brûlait d'envie de rapprocher Hunter et de le toucher partout, mais comme Hunter n'avait pas la possibilité de partir, Nick refusait de lui donner l'impression d'y être obligé.

— Oui, il y a une petite rivière. Elle passe à travers ce coin de la propriété.

— Est-ce que tu patines dessus ?

Nick n'avait pas patiné depuis des années, et

jamais sur cette rivière en particulier, mais la pensée de quelqu'un sur la glace lui envoya une vague de peur qui aspira l'air de ses poumons.

Il parvint à répondre :

— Non.

Et il réussit à paraître assez normal pour que Hunter ne semble pas remarquer quoi que ce soit de bizarre, regardant toujours à travers la vitre la petite courbe de la rivière étreignant la clairière et la forêt sombre au-delà.

— C'est beau. J'ai hâte de voir les sapins.

Il leva les yeux vers Nick.

— En supposant que tu veuilles toujours de mon aide.

— Oui.

Il fut soulagé d'être de retour sur un terrain plus solide, repoussant les pensées d'eau glacée.

— Je vais t'apprendre à utiliser la presse à balles. Il y a beaucoup de travail à rattraper.

Il l'attendait avec impatience et était indéniablement heureux que Hunter ne disparaisse pas dès le lendemain matin.

— Est-ce que ça te va si je prends une douche avant de me coucher ? demanda Hunter. Je le fais d'habitude.

— Bien sûr. Je vais te chercher des serviettes. La salle de bain est par-là.

Il fit un signe de tête vers la salle de bain, allumant le plafonnier avant d'attraper des serviettes dans l'armoire à linge du couloir. Il ignora les soupirs d'Ella avant de refermer la porte de la chambre.

— Waouh, dit Hunter lorsque Nick le rejoignit dans la salle de bain. C'est une sacrée douche.

— Je suppose que oui, admit Nick avec un sourire.

Le carrelage était gris ardoise, la douche spacieuse s'étendant au fond de la pièce avec de multiples jets encastrés dans les murs et au-dessus. Les doubles vasques dans un meuble blanc cassé avec un large miroir se trouvaient à droite, les toilettes à gauche.

Seigneur, Nick désirer tirer Hunter sous les jets et l'embrasser jusqu'à ce qu'ils ne puissent plus respirer, mais… bien que Hunter ait supplié d'être baisé – et cela avait été incroyable – tout était allé si vite, et le plus raisonnable à faire était de ralentir.

— Profites-en, déclara Nick en lui remettant les serviettes.

— Euh, ouais. Merci.

Nick hocha la tête et ferma la porte derrière lui, laissant son intimité à Hunter. Il se posta près de la fenêtre, entendant l'eau couler au bout d'une minute.

Un *puceau*.

Nick n'avait pas couché avec un puceau depuis… Seigneur, peut-être des décennies. D'un côté, il se sentait incroyablement vieux, mais d'un autre, cela le remplissait également d'une tendresse qu'il n'avait pas ressentie depuis très longtemps.

Il avait dit la vérité quand il avait déclaré que cela ne le dérangeait pas que Hunter soit vierge. Comment cela pouvait-il le *déranger* que Hunter ait été si désireux de lui offrir son corps, d'être son bon garçon avec une passion si pure ?

Après le rapport sexuel, Hunter avait été chaud et détendu dans ses bras, pressant de petits baisers mouillés sur son cou et se frottant contre sa barbe. Nick se serait contenté de rester comme ça pendant des heures, cependant il les avait nettoyés et ils s'étaient rhabillés. Il voulait donner à Hunter le temps de digérer ce qu'ils avaient partagé.

Maintenant, ils allaient dormir ensemble, Nick se sentait étrangement dépassé.

Un *puceau*.

Avait-il été suffisamment prévenant ? Hunter voudrait-il encore faire l'amour ? Il devait laisser la balle dans son camp, peu importait à quel point il avait envie d'aller dans la salle de bain, de le prendre dans ses bras et de l'embrasser pendant des heures. Il devait se ressaisir. Le baiser était une chose. Plus que cela n'était pas au programme. Il le fallait.

Pourquoi ? Je sais que je suis difficile à oublier, mais tu rumines seul dans la forêt depuis assez longtemps.

La voix d'Éric s'imposa obstinément dans son

esprit. Nick voulait discuter avec lui, ce qui était sûrement un signe qu'il avait *effectivement* ruminé seul trop longtemps.

Il est une bouffée d'air frais. Je l'aime bien. Et tu aimes être un daddy à nouveau. Ne le nie pas, tu as toujours été un horrible menteur.

C'était vrai. Et Hunter avait tant de besoins innocents. Cela réveillait en Nick des instincts au plus profond de lui. Éric n'avait pas été jeune ou peu sûr de lui comme Hunter l'était, mais il s'était remis en question plus qu'il n'aurait dû.

Parce qu'il avait dû montrer un grand contrôle à l'hôpital, il avait eu envie d'implorer une soumission et d'être libéré de la responsabilité. Après une journée stressante au travail, il rentrait à la maison et le suppliait, désirant être un méchant garçon qui devait être fessé. Nick s'était délecté de lui apporter la paix et la libération dont il avait besoin, y trouvant son propre plaisir profond.

— Nick ? appela Hunter.

Refermant énergiquement la boîte sur les souvenirs d'Éric, il ouvrit la porte de la salle de bain, de la vapeur l'enveloppant.

— As-tu besoin de quelque chose ?

— Peux-tu venir à l'intérieur ?

Le cœur bondissant et le sexe définitivement intéressé, Nick entra dans la salle de bain, où l'air était épais et humide, le miroir embué. Hunter ouvrit la porte vitrée de la grande cabine de douche. Seigneur, il était vraiment beau : sa peau pâle rougie, ses mamelons d'un rose éclatant, ses muscles minces luisants et dégoulinants, son sexe non circoncis à moitié dur et tellement tentant.

Il tendit un pain de savon, sa lèvre coincée entre ses dents.

— Peux-tu me laver le dos ?

Il baissa la tête, ses cheveux noirs d'eau tombant sur son front. Un petit frisson le parcourut et il leva les yeux, redressant les épaules.

— S'il te plaît, daddy ?

C'était de la musique aux oreilles de Nick, qui déboutonnait déjà sa chemise à carreaux en demandant :

— Tu es sûr ?

— Oh, ouais, affirma Hunter en hochant la tête. Je suis sûr.

— Je ne veux pas que tu te sentes obligé parce que tu restes chez moi.

Une véritable confusion marquait le visage de Hunter.

— Je ne crois pas que ces mots signifient ce que tu penses qu'ils signifient.

Le rire de Nick réchauffa sa poitrine, le désir brûlant dans ses veines.

— Eh bien, tu as un master d'anglais, donc tu devrais le savoir.

Il se déshabilla et rejoignit Hunter sous la douche, prenant le savon et le reposant sur son plateau pour le moment.

Parce qu'en cet instant, il avait besoin de ses deux mains pour tirer Hunter contre lui, ce dernier se hissant sur la pointe des pieds pour attraper le visage de Nick, poussant sa langue dans la bouche de son amant. Cette petite étincelle d'indépendance et de confiance était exactement ce à quoi Nick aspirait et il le laissa prendre le contrôle de leur baiser.

Quand ils furent à bout de souffle, Nick récupéra le gant de toilette et le fit glisser sur le dos de Hunter jusqu'à ses fesses. Il murmura :

— Écarte les jambes.

Hunter obéit avec empressement. Nick le sonda doucement avec le tissu.

— Est-ce que c'est très douloureux ?

— Un peu. C'est ce à quoi je m'attendrais après avoir eu quelque chose d'aussi gros là-dedans.

En riant, Nick fit courir ses doigts de haut en bas sur sa raie, le besoin de le toucher le traversant régulièrement.

— As-tu aimé être pris ?

Il hocha la tête avec enthousiasme.

— J'ai adoré.

Nick l'embrassa.

— Une petite salope très affamée, hein ?

— Oui, daddy.

Une boucle de désir bouillonna en lui en entendant ces mots. Nick n'avait pas réalisé à quel point cette dynamique lui manquait, et Hunter s'y prenait comme s'il était né pour ça. Magnifiquement soumis, mais fougueux et dynamique. Il faisait chanter le sang de Nick et c'était dangereux, car Hunter retournerait sûrement à Toronto après les fêtes, et Nick était content de sa vie solitaire et…

Avec une bouffée d'irritation contre lui-même, il coupa court à la suite de cette pensée, donnant à Hunter un autre baiser lent. Ils venaient de se rencontrer. Il devrait simplement profiter d'être ensemble pour le moment. Le père Noël et son elfe avaient une aventure de vacances, c'était tout.

— Je n'avais jamais réalisé…

Hunter s'interrompit. Il déglutit difficilement, croisant le regard de Nick. De l'eau coulait de son nez, la douche chaude jaillissant au-dessus et autour d'eux.

— J'ai toujours été attiré par les mecs plus âgés, mais tout ce truc de daddy ? avoua-t-il avant que sa poitrine se soulève d'une brusque inspiration. Ça m'excite tellement.

— Hum.

Nick glissa une main entre eux, caressant le sexe de Hunter.

— Est-ce que ça te fait bander de m'appeler daddy et d'être mon bon garçon ?

Il pouvait le sentir, la chair palpitant dans sa poigne.

— Putain, oui, reconnut Hunter en riant avant de sourire. Je suppose que Freud s'amuserait beaucoup avec moi et mon désir d'un daddy, puisque j'ai grandi avec une mère célibataire.

— Probablement. Mais je n'avais pas de père non plus, donc Freud peut aller se faire voir.

Il passa ses mains sur les fesses de Hunter, frottant leurs sexes ensemble.

— Est-ce que tu sens à quel point je bande quand tu m'appelles daddy ?

— Oui, souffla Hunter. Oui, daddy.

Il frotta sa joue contre celle de Nick avant de se pencher en arrière et de demander :

— Qu'est-ce que tu veux que je fasse, daddy ?

— Hum, réfléchit Nick.

— Je ferais n'importe quoi.

Ses sourcils se rapprochèrent, et Nick put pratiquement voir son esprit tournoyer avec ce que « n'importe quoi » pourrait impliquer.

— Tu n'as pas à t'inquiéter pour ça. Je prendrai soin de toi. Tu n'as pas à te soucier de quoi que ce soit.

— Exact.

Il expira, son visage se détendant.

— Merci, daddy.

Nick passa sa langue dans la bouche de Hunter avec exigence. Celui-ci gémit, levant les mains pour saisir les épaules de Nick, se frottant avidement contre lui.

Nick ne sut pas combien de temps ils restèrent sous l'eau chaude, enlacés fermement pendant qu'ils s'embrassaient, jusqu'à ce que leurs lèvres soient enflées et que le visage de Hunter soit à vif. Nick embrassa tendrement sa joue rougie et murmura :

— Allons au lit.

Leur peau était encore humide, les serviettes abandonnées sur le sol de la chambre, lorsque Nick tira la couette et poussa son amant sur le matelas. Il laissa l'une des lampes en verre orange faiblement allumée, et c'était presque comme avoir la lueur du feu sur la peau pâle de Hunter.

Autant Nick voulait s'enfoncer dans la chaleur étroite du jeune homme, autant il ne voulait pas lui faire de mal. À la place, il dit :

— Je vais te bouffer le cul. Tu as été un si bon garçon, et tu vas jouir si fort avec ma langue en toi.

Hunter frissonna en hochant la tête.

— Oui, daddy.

Il regarda autour de lui, le matelas sur lequel il était agenouillé.

— Comment dois-je… ?

— À quatre pattes pour moi. C'est ça. Maintenant sur tes coudes. Bien. Pose ta joue sur l'oreiller.

Nick rampa sur le lit derrière lui, résistant à peine à tendre la main pour attraper les globes ronds du magnifique fessier de Hunter.

— Maintenant, ramène tes bras en arrière. C'est ça. Maintiens-toi ouvert pour moi.

Les doigts de Hunter tremblèrent, mais il obéit magnifiquement, remontant vers ses fesses et les écartant.

— Comme ça, daddy ?

Sa joue et ses épaules reposaient sur le lit.

— Oui. C'est parfait, bébé.

Nick se pencha, expirant un souffle d'air frais, regardant l'orifice de Hunter se contracter. Puis il souffla de l'air chaud dessus et son amant gémit.

Alors que Hunter se maintenait ouvert, exposé, Nick le taquina du bout des doigts et de son souffle, lui fournissant de temps à autre un soupçon de langue – juste de brefs contacts humides. Le sexe de Hunter se dressa, et Nick le ramena vers lui entre les jambes de Hunter jusqu'à ce qu'il puisse sucer le gland.

Hunter cria.

— Oui ! S'il te plaît, daddy. S'il te plaît.

Nick fit tourbillonner sa langue, avalant les gouttes musquées et nacrées de liquide pré-éjaculatoire. Les mains qui le maintenaient toujours ouvert tremblaient et quand Nick relâcha sa queue avec une claque humide, il dit :

— Tu es un si bon garçon.

— Je pensais que tu allais me lécher, lâcha Hunter. S'il te plaît, j'ai besoin de…

Nick ravala un petit rire et prit une voix sévère.

— Maintenant, tu es un vilain garçon. J'ai promis que je le ferai, mais tu dois être patient. Ou je ne te laisserai pas jouir du tout.

Hunter haleta.

— Non ! S'il te plaît. Je suis désolé, daddy. Je serai gentil.

— Je sais que tu le seras.

Il caressa les jambes tremblantes de Hunter, dessinant des cercles apaisants avec ses pouces sur la peau tendre de ses cuisses.

— Je vais prendre soin de toi.

Hunter expira bruyamment.

— Merci.

Le membre de Nick était dur comme de l'acier, mais il devait prendre soin de Hunter avant de s'occuper de lui-même. Prenant pitié de lui – et de lui-même –, il couvrit les mains de Hunter avec les siennes et l'écarta le plus possible avant de lécher ses testicules puis de remonter jusqu'à son cul.

Hunter sursauta en criant.

— Oh, mon Dieu !

Il était délicieusement réactif. Savoir qu'il était le premier homme à le goûter fut comme boire un bon scotch, une brûlure douce qui nourrissait la faim de Nick. Sa langue tourna autour du trou de Hunter avant de finalement le lécher.

Alors que les cris de plaisir de son amant résonnaient sur les chevrons en bois, Nick le dévora, léchant, embrassant et mordillant, enfouissant son visage dans ce joli cul. Il savait que sa barbe rugueuse griffait la chair tendre et il l'utilisait comme un contrepoint à l'humidité de sa langue et à la douceur de ses lèvres.

Quand il se pencha et caressa les bourses de Hunter, les poils se hérissèrent sous ses paumes, Hunter se raidit et jouit sans que sa queue ne soit touchée. Nick le lécha tout du long, la fierté gonflant sa poitrine. Hunter pleurait presque de plaisir, il aurait probablement basculé quand il eut fini de se vider sur les draps si Nick ne l'avait pas retenu.

Nick l'allongea sur le côté, puis sur le dos, et Hunter leva les yeux vers lui, hébété, haletant par la bouche, le visage rouge.

— Oh, mon Dieu ! murmura-t-il.

Son regard tomba sur l'érection dure comme du roc de Nick.

— Puis-je te goûter, daddy ?

Nick gémit, se précipitant pour le chevaucher et lui donner sa queue. Il baisa sa bouche, faisant attention à ne pas s'enfoncer trop profondément, sachant que cela ne prendrait pas beaucoup de temps.

Effectivement, il jouit peu de temps après, agrippant la tête de lit d'une main, caressant les cheveux humides de Hunter de l'autre, alors qu'il se déversait, du sperme laiteux coulant de cette jolie bouche. Hunter eut du mal à avaler, Nick recula, se vidant et laissant les dernières gouttes décorer les joues rouges de son garçon.

Tous deux étaient mouillés et sales, mais Nick le serra contre lui et l'embrassa, se goûtant et chuchotant :

— Ton daddy est si fier de toi.

Finalement, il les nettoya et éteignit la lumière, Hunter lui souriait avec un plaisir timide et hébété. Nick s'enroula autour du corps plus petit et essaya de ne pas penser à quel point c'était bon de l'avoir dans son lit.

Chapitre Huit

— C'EST TOI, mon cœur ?

— Salut, maman ! répondit Hunter.

Il démêla son écharpe de la couronne massive de sa mère et ferma la porte d'entrée, laissant tomber ses clés sur la petite table dans le hall. Son cœur s'emballa lorsqu'elle apparut dans le couloir en provenance de la cuisine.

— J'ai juste besoin de récupérer mon costume d'elfe.

Sois normal, se rappela-t-il.

Vêtue d'une blouse violette et de pantoufles, elle vint l'embrasser. Ses cheveux étaient attachés, ce qui signifiait qu'elle irait bientôt travailler.

— J'ai l'impression de ne pas t'avoir vu depuis des semaines !

Elle le pressa contre elle, dégageant une légère odeur de citron doux.

Il rit en la serrant contre lui.

— Cela ne fait que quelques jours.

— Nick Spini t'a fait travailler dur, hein ?

Elle s'écarta en souriant.

Hunter savait qu'elle ne voulait rien dire d'autre par là, pourtant en dépit de tous ses efforts, son visage devint brûlant, le rougissement se propageant jusqu'au bout de ses oreilles. Il essaya de paraître normal.

— Ouais, c'est super. Des muscles dont je ne soupçonnais même pas l'existence sont douloureux.

Bravo, formidable travail pour que ça ne sous-entende rien de sexuel.

Cependant, c'était vrai, y compris pour son cul merveilleusement endolori, le corps de Hunter lui faisait agréablement mal après ces trois derniers jours de travail manuel. Il ajouta rapidement :

— Je sais maintenant utiliser une presse à balles et abattre un arbre avec une hache. C'est vraiment génial.

Inclinant la tête, un petit sillon se creusant entre ses sourcils, sa mère sourit.

— C'est super, mon chou.

Il se pencha pour retirer ses bottes.

— Ouais, je ne me suis jamais considéré comme un amateur du plein air ni même doué pour faire des trucs physiques, mais c'est vraiment satisfaisant.

Ne laisse pas davantage de sous-entendus sexuels,

espèce d'idiot !

Son visage brûlait lorsqu'il se redressa.

— Quoi qu'il en soit, c'était sympa. Comment vas-tu ? Comment ça se passe au boulot ?

— Je vais bien. Le travail est chargé, comme toujours.

Elle le regardait toujours avec un air interrogateur.

— Je suis contente que tu aimes passer du temps avec Nick.

— Ouais, comme je l'ai dit, le travail était super. Il y a tant à faire.

— Hum. Ça doit être le cas, puisque tu es resté là-bas quatre nuits de suite.

Nick l'avait ramené chez lui mercredi pour emballer des vêtements et des articles de toilette, et Hunter avait dit à sa mère qu'il serait plus facile de loger à la ferme puisqu'il n'avait pas de voiture. Ce qui était vrai ! Bien sûr, cela signifiait aussi qu'il pouvait passer ses nuits dans le lit de Nick et se faire baiser jusqu'à ce qu'il soit complètement épuisé.

Hunter passa à côté de sa mère.

— Ouais, comme je l'ai dit, il y a eu une tonne de travail. Maintenant, je ferais mieux de me dépêcher et d'aller au centre commercial. Nick attend dans son camion. John l'a convaincu d'être à nouveau le père Noël.

Il laissa échapper un rire – trop haut perché –

et s'échappa dans le couloir jusqu'à sa chambre.

Il attrapa le maudit costume d'elfe, ferma les yeux un instant et respira profondément. Les quatre derniers jours avaient été au-delà de ses rêves les plus fous. Il appréciait vraiment ce travail. Ils avaient fait de longues journées et Nick n'avait pas cessé de bosser quand ils étaient au milieu des arbres.

Eh bien, *presque* que du boulot. Des papillons voletèrent dans son ventre alors qu'il se rappelait comment Nick l'avait embrassé férocement à la fin des journées de travail lorsqu'ils montaient dans le pick-up. Dès qu'ils étaient dans le véhicule, aux sièges en cuir gelés, Nick rapprochait toujours Hunter comme s'il mourait d'envie de le toucher à nouveau. Puis ils embuaient les fenêtres, Ella aboyant dehors, exigeant qu'on la laisse entrer.

Et une fois qu'ils étaient de retour à la maison, chaque jour…

Sur le seuil de sa chambre, Hunter ferma les yeux, frissonnant de bonheur. C'était comme s'il avait été rationné auparavant, et maintenant il se rassasiait dans un buffet à volonté de sexe. Il sourit avec un frisson vertigineux en pensant à Nick, à quel point il était doux et patient tout en étant dominant et totalement exigeant.

Toute cette histoire de daddy était *tellement* le truc de Hunter. La luxure monta en lui au souvenir de la façon dont il avait pu abandonner le contrôle, se détendre et être pris en charge d'une manière qui apaisait… eh bien, son *âme*.

Riant de manière audible sur sa ringardise, Hunter se précipita pour découvrir que sa mère n'avait pas bougé, ayant actuellement ses mains sur ses hanches. Ses sourcils se soulevèrent.

— Toi et Nick Spini ?

Son cœur s'effondra.

— Hein ?

Elle se contenta de le fixer, les sourcils toujours sur le point de disparaître dans la racine de ses cheveux. Il y avait un morceau de guirlande coincé dans ses cheveux, provenant probablement de l'une des guirlandes rouge et or enroulées autour de la rampe en bas. Il tendit la main et la dégagea, la laissant dériver jusqu'au sol.

— Guirlande, expliqua-t-il. De toute façon, je dois y aller.

Elle ne bougea pas un muscle, son regard demeurant inébranlable.

Soupirant, Hunter haussa les épaules, s'efforçant de ne plus rougir et échouant, la chaleur brûlant ses joues.

— Je suppose ?

— Bien. Toi et Nick Spini. Il est beaucoup plus âgé que toi.

Elle l'observa tranquillement, sa voix restait calme alors qu'elle croisait les bras. Elle n'avait pas l'air en colère, ce qui était bien. Même si parfois elle devenait horriblement silencieuse alors qu'elle était vraiment furieuse.

— Ouais. Mais c'est génial. Je…

Il haussa encore les épaules.

— Je l'aime vraiment bien.

— Hum.

Elle le regardait toujours comme si elle pouvait lire directement dans son esprit comme seules les mamans savaient le faire.

— Il a été gentil avec toi ?

— Oui, répondit-il sans hésitation. Il est super. Je pensais que c'était un crétin au début, mais il ne l'est pas du tout.

Hunter essaya de trouver les mots justes.

— Il est tellement…

Sa mère rit doucement en secouant la tête.

— Rêveur ? Tu devrais voir l'expression sur ton visage. On dirait qu'il a accroché la lune, les étoiles et toutes les planètes en plus.

Son soulagement qu'elle ne soit pas trop en colère l'inonda, et Hunter rit également.

— C'est vrai ?

— Oui, dit-elle avant de soupirer. Je peux déjà prédire que ce que je pense n'aura pas d'importance.

Son sourire s'estompa.

— Bien sûr que si. Je peux comprendre pourquoi tu pourrais ne pas être ravie.

— Tu n'as jamais vraiment eu de petit ami

avant. Du moins pas que tu l'aies jamais laissé entendre.

— Ce n'est pas mon *petit ami*. On vient à peine de se rencontrer.

Bien que l'idée que Nick soit son petit ami lui donnait envie de sourire, son cœur dansant.

— Et non, je n'ai jamais vraiment fréquenté quelqu'un auparavant. J'étais trop… replié sur moi-même.

Elle rit tristement.

— Je peux le comprendre.

Prenant une grande inspiration, elle souffla :

— D'accord. Je n'aime pas qu'il soit beaucoup plus âgé que toi, mais tu es un homme adulte maintenant. Même si tu seras toujours mon petit garçon.

Elle jeta un coup d'œil vers la porte d'entrée fermée.

— Il attend dehors ? Je devrais peut-être aller lui dire bonjour.

Hunter gémit.

— *Maman*. Pas maintenant, d'accord ? Nous devons aller au centre commercial.

Elle soupira bruyamment.

— OK. Tu es tiré d'affaire pour l'instant. Tu rentres ce soir ?

— Ouais.

Même si l'idée de passer la nuit loin de Nick lui faisait mal, il voulait rattraper le temps perdu avec sa mère.

— Je prendrai des plats à emporter et nous pourrons dîner tardivement quand tu rentreras du travail.

— Ça me plairait beaucoup.

Il sourit timidement.

— Je sais que c'est inattendu. Pour nous tous ! C'est juste que…

Une petite bulle de joie s'échappa dans un rire.

— C'est incroyable, acheva-t-il.

Elle sourit en retour.

— Je me souviens vaguement de cette sensation. L'engouement peut être une émotion glorieuse. Et tu es un jeune homme intelligent. J'ai confiance en ton jugement et que tu resteras toujours en sécurité.

— *Oui*, marmonna-t-il en levant les yeux au ciel.

En riant, elle l'embrassa sur la joue.

— Je suis toujours ta mère. Je continuerai à te harceler.

— Je sais.

Il lui rendit son baiser, puis l'attira dans ses bras.

— Merci d'être si cool, maman. J'ai vraiment, vraiment de la chance.

Elle le serra fort.

— Je t'aime, mon cœur. Si Nick Spini te fait du mal, je sais comment faire passer ça pour un accident.

Il rit et recula.

— Espérons qu'on n'en arrive pas là. Oh ! Tu travailles la nuit du réveillon, n'est-ce pas ? Et Heather et Rick arrivent le lendemain de Noël ?

— Ouais. Ils passent Noël avec les parents de Rick.

— John et Desmond nous ont invités à dîner le jour de Noël. Je suppose que puisque tu vas dormir jusqu'à dans l'après-midi, c'est plutôt génial.

John avait apparemment deviné qu'il se passait quelque chose entre Hunter et Nick. Il en était ravi, au grand soulagement de Hunter.

— Eh bien, ce serait adorable.

Elle lui lança un regard entendu en demandant :

— Et Nick sera-t-il également présent ?

— Ouais.

Hunter essaya de ne pas sourire, mais cette joie vertigineuse bouillonna à nouveau en lui.

— J'ai hâte d'y être. Et pas seulement pour pouvoir le passer au grill.

Elle fit un clin d'œil.

— Merci, maman. Tu es vraiment génial à ce sujet.

— Eh bien, tu es un adulte.

Elle inspira profondément et souffla.

— Dans l'idéal, j'aimerais t'enfermer dans ta

chambre et chasser Nick Spini avec un fusil de chasse, mais comme ce n'est pas une option, je vais être cool. Maintenant, tu ferais mieux d'y aller. Les enfants attendent le père Noël et son lutin.

LE DIMANCHE SOIR, Hunter était plus que prêt à ne plus jamais porter ce satané collant en sucre d'orge. Il semblait que tout le monde à Pinevale était venu au centre commercial pour voir le père Noël sexy, et les derniers retardataires étaient finalement partis.

Et maintenant, lui et Nick pourraient… quoi ?

Avec un peu de chance, reprendre là où ils s'étaient arrêtés, mais Hunter allait-il trop vite en besogne ? Après avoir passé la nuit seul, Nick lui avait manqué plus qu'il ne l'aurait cru possible, mais la journée avait été très chargée. John était dans la réserve lorsque Hunter était arrivé ce matin-là, ils n'avaient donc pas eu un moment d'intimité. Hunter et Nick ne s'étaient même pas effleurés les mains au cours de toute la journée, encore moins embrassés ou autre.

Il avait hâte de se jeter dans les bras de Nick dès qu'ils auraient atteint la réserve glaciale, l'air froid serait un soulagement après la chaleur étouffante du centre commercial. Pourtant, il se retint, regardant Nick étirer sa colonne vertébrale, les mains sur le bas de son dos, son faux ventre dépassant.

— Dieu merci, c'est fini, marmonna Nick.

— Ouais.

Mais qu'en est-il de nous ? Nick n'avait rien dit lui laissant penser qu'il voulait tout arrêter – quoi que soit ce *tout* –, mais l'esprit de Hunter avait mouliné toute la journée, prenant un petit fil de doute et le transformant en une énorme boule d'incertitude qui se logeait maintenant dans sa poitrine.

Alors que Nick bataillait pour décrocher la barbe blanche, Hunter se précipita, le cœur battant.

— Attends.

Il se hissa sur la pointe des pieds, l'impression de déjà-vu l'envahissant alors que les grosses mains de Nick s'enroulaient autour de sa taille pour le stabiliser.

Tandis que Hunter décrochait la barbe et l'en libérait, Nick murmura :

— Merci.

Tenant toujours la barbe, Hunter ne s'éloigna pas, fixant Nick, qui le regardait avec un léger froncement de sourcils. Était-il devenu fou ? Il devrait se contenter de l'embrasser et…

John se précipita dans la réserve et Hunter s'éloigna de Nick, le cœur battant rapidement.

— Salut ! cria-t-il pratiquement.

John éclata de rire.

— Ne t'inquiète pas, gamin. Je peux gérer une petite marque d'affection, affirma-t-il en souriant. Je savais que des étincelles crépitaient entre vous depuis le premier jour où vous vous êtes rencontrés. Et ne me lance pas ce regard, Nick. Laisse-moi profiter d'avoir raison.

Hunter essaya de rire.

— Je n'ai tout simplement pas l'habitude de...

Agité et gêné, il fixa les grelots sur ses chaussures.

— Tout va bien, assura Nick, passant une main sur le dos de Hunter et pressant doucement sa nuque.

Hunter expira, la tension diminuant.

— OK.

Il ne ferait pas ça s'il ne m'appréciait plus. Pas vrai ?

— C'est vraiment agréable à voir, commenta John en leur souriant. Vraiment sympa. Vous formez un beau couple tous les deux.

— D'accord, c'est bon, grommela Nick.

Mais il souriait presque en déboutonnant sa veste de père Noël pour retirer le rembourrage.

Le cœur de Hunter bondit. *Un couple.* Était-ce ce qu'ils étaient ? Il était encore trop tôt pour vraiment le dire, n'est-ce pas ? Mon Dieu, Nick lui avait désespérément manqué la nuit précédente. C'était ridicule, puisqu'il avait dormi seul toute sa vie, mais son lit lui avait semblé si froid et vide.

Quand il avait passé les nuits à la ferme, le grand corps de Nick s'était enroulé autour de lui, chaud et réconfortant. Même lorsqu'ils s'étaient déplacés pendant leur sommeil, Nick avait toujours semblé se retrouver avec un bras sur la taille de Hunter ou le serrer contre lui.

Avait-il autant manqué à Nick ? L'inquiétude revint de plein fouet, en dépit de tous ses efforts pour se détendre. Peut-être que Nick avait été soulagé de dormir seul à nouveau. Il lui avait dit de ne pas se masturber la nuit dernière, laissant entendre qu'ils seraient de nouveau ensemble dimanche soir. Hunter avait carrément désobéi, l'envie de penser à Nick et de prendre son pied étant tout simplement trop forte. Mais peut-être avait-il aussi trop présumé ?

Peut-être que Nick en avait eu assez, et maintenant qu'ils avaient fini leurs devoirs au Village du Père Noël, ce serait terminé. Peut-être…

— Qu'est-ce qui ne va pas ? questionna Nick, les sourcils froncés alors qu'il tendait la main pour saisir l'épaule de Hunter.

— Rien ! répondit-il trop rapidement.

Le froncement de sourcils de Nick s'accentua, mais il lâcha prise, et ils se retournèrent tous les deux alors que John jurait dans sa barbe. Nick lui demanda :

— Tout va bien ?

John soupira.

— J'espérais que nous pourrions utiliser le sous-sol de Sainte Mary mardi après-midi, mais ils sont réservés par la garderie puisque les enfants ne sont pas à l'école. Nous avions prévu que Jouets et Dindes organise un déjeuner caritatif : acheter un hot-dog et offrir une dinde à une famille pour Noël, mais le lieu initial est tombé à l'eau. Nous avons reçu toute la nourriture et les boissons non alcoolisées, mais nous avons besoin d'un endroit suffisamment grand. Jeudi, c'est la veille de Noël, nous avons donc prévu une grande campagne finale pour la collecte de fonds le mardi afin de racheter ce qui reste dans les magasins et tout livrer. Ce sera bon aussi pour les entreprises locales.

— Le centre commercial est déjà à moitié vide, déclara Nick. Pourquoi pas ici ?

John fronça les sourcils.

— Tracasseries administratives avec le bureau de gestion immobilière. J'aurais besoin d'obtenir un permis. On n'a pas le temps pour ça.

La solution parfaite apparut dans l'esprit de Hunter, il repoussa son inquiétude concernant sa relation avec Nick pour se concentrer dessus.

— Pourriez-vous le faire en extérieur ? Tu sais, un truc du genre pays d'hiver merveilleux ? Chocolat chaud et concours de fabrication de bonshommes de neige. Des activités manuelles pour les enfants ?

Il jeta un coup d'œil à Nick.

— Peut-être faire une tombola et le gagnant pourra abattre son propre sapin ?

Nick sursauta à cette idée, plissant les yeux sur Hunter.

— Non. Oublie ça.

— Pourquoi non ? Tu as l'espace et l'emplacement le plus hivernal possible. Je sais que la plupart des gens auront déjà leurs sapins, mais certains attendent jusqu'à la dernière minute, donc le tirage au sort pourrait avoir un grand succès. Et je parie que les gens viendraient de partout pour une extravagante journée caritative dans une ferme d'arbres de Noël.

— Oui, acquiesça Nick amèrement. Le mot clé là étant les *gens*.

Il se tourna vers John qui souriait et répéta :

— *Non.*

Hunter poussa un soupir dramatique, levant puis abaissant ses épaules.

— Je suppose que les enfants dans le besoin n'auront pas de jouets ou de dinde à Noël. Ça craint pour eux.

— Oh, bordel de merde, grommela Nick.

Essayant de ne pas sourire, Hunter promit :

— Ce sera génial. Je vais tout organiser et tu n'auras rien à faire.

En plus, il aurait une excuse pour retourner à la ferme, d'une manière ou d'une autre.

— Youpi ! s'exclama John en frappant sa main contre celle de Hunter. Bon boulot, gamin. Ce Grinch n'a aucune chance avec toi.

Il tapota sur son téléphone.

— D'accord, je dois m'en aller maintenant, mais on en parle demain et on réfléchira à des activités.

Il fit un clin d'œil à Nick.

— Comme il l'a dit, Hunter et moi allons tout organiser et tu n'auras pas à t'en inquiéter.

Nick pinça les lèvres.

— Je te suggère de déguerpir avant que je change d'avis.

John recula, les mains en l'air.

— Je suis déjà parti. La sécurité sera là dans quelques heures pour faire le tour, mais pour l'instant vous êtes les seules personnes qui restent. Quand vous partirez, assurez-vous que cette porte se verrouille derrière vous, d'accord ?

Il appuya sur la barre en métal de la porte du débarras donnant sur le parking arrière, une rafale d'air arctique s'engouffra à l'intérieur.

— À plus, lança-t-il.

— Comment ai-je pu me laisser entraîner là-dedans ? murmura Nick.

Hunter faillit répondre quelque chose d'effronté sur le fait que Nick ne pouvait pas lui résister, mais le doute retint ses paroles. Et s'il était vraiment en colère ? Et Hunter *retournait*-il avec lui à la ferme ? Avait-il dépassé les bornes ?

— Qu'est-ce qui ne va pas ? Tu as eu ce que tu voulais, tu devrais être ravi.

Après s'être déshabillé jusqu'à son maillot de corps blanc, portant toujours le pantalon et les bottes du père Noël, Nick avait exactement la même allure que lorsque Hunter l'avait vu pour la première fois.

Ignorant l'éclair de désir, Hunter enleva son chapeau vert, ses cheveux en sueur se dressant probablement dans tous les sens. Il joua avec le pompon blanc du chapeau.

— Je me demandais juste… Est-ce que je rentre avec toi à la ferme ce soir ? Je veux dire, le plus gros du travail est fait, n'est-ce pas ? Alors je ne sais pas si tu veux…

Seul le silence lui répondit et Hunter dut lever les yeux, le cœur dans la gorge. Nick le fixait, les mains posées sur les hanches, une perplexité évidente dans son expression. Secouant la tête, il dit :

— Je croyais que nous en avions discuté ? Tu as dit que tu devais passer une nuit à la maison, j'ai supposé que tu reviendrais après.

Quelque chose traversa son visage, ses sourcils se fronçant.

— Mais si tu ne veux pas…

— Je veux ! s'exclama Hunter avec trop d'empressement.

Il étouffa un rire gêné avant d'ajouter :

— Je ne suis pas très doué pour la jouer cool, comme tu peux le voir. Je veux vraiment revenir. Seulement, tu ne l'as jamais dit explicitement.

Un petit sourire étira les lèvres de Nick.

— Alors tu as commencé à te faire des nœuds au cerveau.

Hunter dut en rire.

— Exactement.

Nick réduisit les quelques pas qui les séparaient, prenant le visage de Hunter dans ses mains rugueuses et l'embrassant profondément. Expirant lorsqu'ils se séparèrent, Hunter enroula ses bras autour du large dos de Nick, souriant.

Il m'apprécie. Il m'apprécie toujours.

Nick reprit la parole :

— Puisque nous mangeons le repas de Noël chez John et Desmond avec ta mère, j'ai supposé qu'il était clair que nous étions… eh bien, que nous continuions.

Il leva la main pour la passer sur les cheveux humides de Hunter.

— Du moins, j'aimerais vraiment continuer. Voir où ça nous mène, admit-il avec une grimace. Je sais que tu retournes en ville en janvier, mais jusque-là…

— Ouais, ouais.

Hunter s'appuya contre lui. L'idée de retourner à Toronto le remplissait d'effroi et il se concentra sur Nick. L'avenir pouvait attendre.

— Jusque-là, je veux être avec toi autant que possible. Est-ce assez *explicite* ?

Puis il chuchota à l'oreille de Hunter avec une bouffée chaleureuse :

— Je serai plus explicite à partir de maintenant. *Très* explicite.

Frissonnant, Hunter se pressa contre lui.

— Ça sonne bien. Très bien. Donc…

Il regarda Nick.

— Est-ce qu'il y a quelque chose ? Entre nous ? Tu n'en as pas marre de moi ?

Nick le regarda sérieusement.

— Pas du tout. Tu m'as manqué hier soir.

Il rit doucement, comme s'il en était surpris.

— La maison était trop calme. La pauvre Ella était désemparée.

— Mince, commenta Hunter, le cœur gonflé. J'ai hâte de la revoir. Et tu m'as manqué aussi. Je n'arrivais pas à m'endormir parce que tu me manquais, alors j'ai dû…

Il s'interrompit en se mordant la lèvre.

Les sourcils sombres de Nick se haussèrent.

— Tu as dû quoi ? As-tu été un vilain garçon, Hunter ?

Déglutissant difficilement, il hocha la tête.

— Tu m'as tellement manqué. Je n'ai pas pu résister.

— Hum. Je t'avais demandé de ne pas te toucher. Comme c'est vilain de ta part.

Il passa une main sur les fesses de Hunter, sans serrer ni gifler, mais avec… l'intention de le faire.

Le désir le traversant, Hunter chuchota :

— Je suis désolé, daddy. Rentrons à la maison et tu pourras me punir.

Nick cligna des yeux, ouvrant, puis refermant la bouche. Hunter réalisa ce qu'il avait dit – à la *maison* – et était sur le point de rectifier quand Nick se précipita sur lui et l'embrassa, lui coupant le souffle d'un coup de langue autoritaire alors qu'il le soulevait du sol.

Lorsqu'il le reposa, tous deux respiraient fort et Nick marmonna :

— Oui. Allons-y.

Puis il jura et expliqua :

— J'ai oublié mon thermos là-bas.

— Je t'accompagne.

Hunter avait besoin de son contact, il entrelaça leurs doigts tandis qu'ils retournaient à l'intérieur du centre commercial désert et étouffant. Il réalisa que c'était la première fois qu'ils se tenaient la main, et il sourit, adorant la taille et la rugosité de sa main et la sensation rassurante de sa prise ferme.

Les clochettes des chaussures d'elfe de Hunter sonnaient joyeusement, déclenchant un écho alors qu'ils se dépêchaient de traverser le pavage en briques. Les lumières étaient tamisées dans les boutiques restantes, mais celles des guirlandes brillaient toujours autour du village du père Noël.

Nick se pencha à côté du banc et attrapa le thermos qu'il avait caché dessous. Le pantalon moulait ses fesses. Debout sur le chemin sinueux en faux bonbons, la gorge de Hunter s'assécha. Bon sang, Nick était si *magnifique*. Le sexe de Hunter gonfla à la promesse de se retrouver bientôt nu avec lui. Il pressa la paume de sa main contre son érection, échouant à retenir un petit gémissement.

Se tournant vers lui, les yeux de Nick s'assombrirent. *Prédateur*. Hunter retira brusquement sa main, le souffle coupé. Il attendit, regardant alors que Nick semblait réfléchir. Ses cheveux noirs étaient ébouriffés après avoir porté le bonnet de Noël toute la journée, et les guirlandes lumineuses colorées captaient les reflets argentés sur son crâne et dans sa barbe. Les poils noirs sur sa poitrine assombrissaient le débardeur blanc.

Puis les mains de Nick se déplacèrent vers l'épaisse ceinture qui retenait le pantalon de velours rouge. Il l'ouvrit et le pouls de Hunter s'accéléra. Nick déboutonna le pantalon et s'assit sur le banc au cœur du village du père Noël, écartant les jambes. Son slip noir était visible dans le V de son pantalon ouvert, mais il ne s'exposait pas complètement.

— Viens ici, ordonna-t-il.

Jetant un coup d'œil à l'étroite bande de

l'ancien centre commercial désert, un frisson chanta dans les veines de Hunter. Au moins, John avait mentionné que les caméras de sécurité étaient cassées.

— Mais quelqu'un pourrait...

— Viens. Ici, répéta Nick en haussant un sourcil. Les bons elfes obéissent au père Noël.

Hunter gloussa nerveusement, son membre gonflant plus intensément dans ses collants tandis qu'il s'approchait, ses chaussures tintant. Il s'arrêta devant Nick et à bout de souffle demanda :

— Est-ce que je peux m'asseoir sur les genoux du père Noël ?

Nick tapota sa cuisse gauche sans un mot et Hunter se percha dessus, joignant les mains. Sa veste verte d'elfe trop courte remonta, exposant totalement le renflement de son collant.

Nick s'enquit :

— As-tu été vilain ou gentil ?

— Euh, vilain.

Il tremblait pratiquement d'anticipation, son sang se précipitant vers le sud.

— Hum.

Nick étendit sa main sur le bas du dos de Hunter, lourde et ferme, son regard fixé sur celui du jeune homme avec une précision laser.

— Qu'est-ce que tu as fait ?

— Je me suis branlé hier soir. En pensant à toi.

— Alors même que je t'avais dit de ne pas le

faire ?

— Oui, souffla Hunter, l'excitation et la nervosité se mêlant.

— Montre-moi.

Hunter sursauta.

— Quoi ?

Il regarda autour de lui.

— Tu veux dire… *ici* ? Maintenant ? Je ne peux pas !

— Est-ce que tu vas être un vilain garçon et désobéir à nouveau à ton daddy ? questionna Nick en lui agrippant les fesses. Je vais devoir te fesser.

— Ce n'est pas vraiment une incitation à être gentil, lâcha-t-il.

Le visage de Nick se plissa d'un sourire et il rit doucement.

— Tu marques un point.

Il inspira profondément et son sourire disparut.

— Mais je pense que je dois quand même te fesser.

Sans autre avertissement, il souleva Hunter par la taille, ses bras musclés fléchissant alors qu'il le retournait sur ses genoux. Hunter poussa un cri aigu, luttant pour retrouver son équilibre, posant ses mains sur le côté du banc, ses stupides chaussures tintant alors qu'il s'appuyait sur ses orteils pour se stabiliser.

Il prit une inspiration alors que Nick évasait

une main sur son cul, attendant que Hunter arrête de gigoter et se prépare. Puis il baissa les collants et le caleçon pour exposer ses fesses.

Au moins, il faisait chaud, compte tenu de la température dans le centre commercial, mais Hunter sentit quand même la chair de poule se propager sur sa peau exposée. Les collants étaient coincés par son érection à l'avant, tirant sur sa queue.

Il attendit, haletant déjà. Il enfonça ses ongles émoussés dans le bois du vieux banc, fixant le plancher de contreplaqué, peint avec un tourbillon de sucre d'orge. Nick allait-il dire autre chose, ou allait-il…

La paume de Nick s'abattit et Hunter glapit en remuant. Ce n'était pas très fort, juste assez pour faire un *paf* dans le silence du centre commercial, le son faisant gonfler encore plus son sexe.

— Vilain garçon, le réprimanda Nick.

Anticipant la prochaine claque, Hunter retint son souffle. Puis il se tortilla d'impatience, son cœur battant la chamade. Il gémit et Nick posa sa paume sur ses fesses.

— Chut. Je te tiens. Tu n'as à te soucier de rien. Me fais-tu confiance ?

Hunter expira le souffle qui s'était bloqué dans sa gorge.

— Oui, daddy.

— Bon garçon.

La main de Nick frappa encore et encore, alternant sur les globes, et Hunter gémit, l'anxiété fondant, une douce tension subsistant alors que son excitation s'intensifiait. Il était mal à l'aise, étendu dans cette position, mais cela ajoutait à son plaisir d'être sous le contrôle de Nick, étalé sur ses genoux et maintenu.

C'était *parfait*.

Les claques sur ses fesses le firent crier, pousser contre les genoux de Nick et la dureté que Hunter ressentait à cet endroit.

— Oh, mon Dieu, gémit-il.

Le mélange de douleur et de plaisir obscurcit sa vision, il ferma les yeux, s'y abandonnant.

— Veux-tu jouir ? demanda Nick dans un grognement.

— Oui !

Hunter se frotta désespérément sur les cuisses de Nick.

— S'il te plaît, daddy.

— Tu as été tellement vilain. Je pense que tu dois d'abord me montrer ce que tu as fait.

Il ouvrit les yeux, agrippant le côté du banc et se tordant le cou pour regarder Nick.

— Hein ?

— Les vilains garçons doivent apprendre leurs leçons.

Avec des mains fortes sur les hanches de Hunter, Nick le souleva et le tourna pour qu'il se retrouve assis sur ses deux jambes, le dos contre la poitrine de Nick.

Entièrement exposé si quelqu'un apparaissait.

Nick glissa sa main sur le devant de l'aine de Hunter, là où ses collants et son sous-vêtement étaient accrochés à son membre raide, le prenant en coupe.

— Montre-moi, ordonna-t-il.

— Quelqu'un pourrait arriver ! John pourrait revenir.

— Montre-moi comment tu m'as désobéi.

Le ton de Nick était dur dans son oreille.

— Repousse tes collants jusqu'à tes chevilles. Écarte tes jambes.

Putain de merde, était-il vraiment en train de faire ça ? Les jambes tremblantes, Hunter se souleva pour baisser son sous-vêtement et les satanés collants en sucre d'orge jusqu'au-dessus des chaussures noires, les grelots tintant.

—Je… je ne…

La sueur coulait le long de sa colonne vertébrale sous son manteau d'elfe dans l'air trop chaud.

Cela semblait si mal de faire ça dans le village du Père Noël, avec des lumières de Noël et de joyeuses décorations de pain d'épice et de bonbons autour d'eux. Le banc où les enfants avaient raconté leurs souhaits au père Noël. Tellement mal… ce qui, bien sûr, enflamma le sang de Hunter encore davantage, tandis qu'il écartait les jambes autant qu'il le pouvait, son membre palpitant de se retrouver libre.

— Montre-moi comment tu te touches, ordonna Nick, ses dents frôlant le lobe de son oreille.

Haletant, Hunter enroula sa main droite autour de sa queue, essuyant machinalement les gouttes de liquide pré-éjaculatoire de la pointe et soulageant son prépuce.

— Oh, merde, marmonna-t-il.

Il le faisait, il se branlait au milieu de Treeview galerie, assis sur les genoux de Nick dans le village du Père Noël, le sexe raide de Nick donnant un coup contre son cul.

— Putain, je vais jouir si fort, cria-t-il en se cambrant dans sa main, son sexe fuyant et devenant rouge foncé.

— Tu es si magnifique.

Le chuchotement de Nick fut sexy à l'oreille de Hunter, ses mains rugueuses alors qu'il agrippait ses hanches.

— Tu as été un vilain garçon, mais je suis tellement fier de toi maintenant.

La sueur humidifiait le cou de Hunter, il se croyait capable d'éclater de chaleur avec Nick dans son dos et sous lui, l'air chaud du centre commercial et le feu brûlant à travers son corps, centré sur son membre et ses bourses qui se resserraient.

— Tu en as besoin, pas vrai, bébé ?

— *Oui*, gémit-il.

Il était si proche. Il se raidit, se caressant plus vite, ses halètements devenant plus bruyants.

— Montre-moi comment les bons garçons jouissent pour leur daddy, ordonna Nick.

Tout son corps se tendit, les clochettes tintant alors qu'il fléchissait les pieds et s'appuyait contre Nick, s'activant frénétiquement, avec des cris aigus et forts. Il traqua l'orgasme qui restait hors de portée, l'attrapant soudainement, le plaisir explosant.

Frissonnant dans un gémissement étranglé, Hunter éjacula partout sur son manteau d'elfe vert, s'aspergeant alors que le plaisir chauffé à blanc le saisissait. Son sperme coula sur sa main et il se finit, haletant et gémissant, tandis qu'il se détendait, lessivé, dans la forte étreinte de Nick.

Il était comme du beurre contre la poitrine de son amant qui se soulevait avec des respirations profondes et excitées, son sexe dur comme de la pierre sous ses fesses. Nick releva la main droite collante de Hunter, grommelant :

— Goûte-toi.

Gémissant, il obéit, léchant le fluide terreux et salé de sa peau, glissant sa langue entre ses doigts, ses bourses se contractant en voyant à quel point c'était délicieusement *sale*.

— Puis-je te goûter aussi, daddy ? demanda-t-il à bout de souffle.

Nick grogna, pressant Hunter de se relever et

de le retourner. Les jambes de Hunter étaient en coton et il tomba joyeusement à genoux entre les cuisses de Nick, ses mains tremblantes tirant pour le libérer. Le pantalon de velours rouge était doux sous ses paumes alors qu'il ouvrait plus largement les jambes de son amant.

Lorsqu'il prit Nick dans sa bouche avec avidité, il imagina à quoi ils devaient ressembler : le père Noël dans son village, un lutin au cul nu – et rouge – entre ses jambes, suçant sa grosse queue. Cela envoya une nouvelle vague de désir en lui, et il fredonna autour de la chair chaude remplissant sa bouche.

Les mains de Nick s'emmêlèrent dans les cheveux de Hunter.

— Si bon. *Oui*. Bon garçon. Plus fort.

Hunter creusa les joues, suçant comme si sa vie en dépendait. Il attrapa maladroitement les bourses lourdes et poilues de Nick avec sa main. C'était clairement la bonne chose à faire, car Nick sursauta, son sexe étouffant Hunter alors qu'il gonflait encore plus.

Il jouit en gémissant, ses doigts serrés dans les cheveux de Hunter. Celui-ci dut reculer, haletant et avalant, de la salive et du sperme s'échappant de sa bouche. Leurs yeux se croisèrent et Nick pulvérisa la dernière partie de sa jouissance sur le visage de Hunter, touchant sa joue et ses lèvres humides.

— Putain, marmonna Nick.

Il se pencha en avant et embrassa Hunter de manière désordonnée, léchant son visage éclaboussé et lui donnant le sperme avec sa langue, le goût mélangé des deux remplissant la bouche de Hunter.

Ils se séparèrent en respirant fortement. Hunter regarda autour de lui en souriant.

— Eh bien, je suppose que le village du Père Noël s'achève en fanfare.

Le rire de Nick gronda dans sa poitrine, un sourire illuminant son visage. Il y avait une zone blanche dans sa barbe, Hunter l'essuya avec son doigt et le suça pour le nettoyer.

— Suis-je sur la bonne liste maintenant, père Noël ?

Nick gloussa.

— Oui. Je devrais peut-être garder le costume ?

— Putain, oui.

— Tu réalises que tu gardes le tien aussi. Le père Noël a besoin de son elfe, après tout.

Il passa tendrement sa main sur le cul nu de Hunter, la peau encore chaude de la fessée. Hunter aurait aimé pouvoir voir à quel point il était rouge. Nick ajouta :

— Plus personne d'autre ne pourra jamais te voir dans ce costume à part moi.

Jamais.

Enthousiasmé par les mots de Nick, Hunter se

pencha et l'embrassa, suçant sa langue avant de reculer pour murmurer contre ses lèvres,
— Seulement toi, daddy.

Chapitre Neuf

—ES-TU SÛR que ça te convient ? demanda Hunter. Tu as déjà donné de ton temps au Village du Père Noël.

L'aube zébrait encore le ciel nuageux d'orange, à l'horizon d'un vert enneigé, mais Nick et Hunter étaient déjà dehors sur un demi-hectare éloigné. Nick hocha la tête.

— J'en suis sûr.

Il avait accepté, et c'était vraiment pour une bonne cause.

Hunter se mordit la lèvre, ses joues roses dans l'air vif et frais du matin. Le pompon de son bonnet de laine rebondit tandis qu'il remuait d'une botte sur l'autre.

— Mais je t'ai plus ou moins forcé à organiser cette collecte de fonds. Je veux dire, tu ne pouvais pas vraiment dire non.

— J'ai essayé, nota sèchement Nick.

Cependant, cela ne le dérangeait pas vraiment.

Tu ne peux déjà rien lui refuser, n'est-ce pas ?

Nick ne pouvait pas contredire l'observation sournoise d'Éric. À Hunter, il ajouta :

— Je déteste l'idée d'enfants sans sapin de Noël. John a travaillé dur pour collecter des cadeaux et de la nourriture pour ces familles. Ils ont besoin de sapins pour mettre les jouets en dessous.

Hunter lui adressa un sourire rayonnant, comme un émoji avec des cœurs à la place des yeux qui prenait vie, et Nick *dut* sourire en retour.

— Tu n'es vraiment qu'un gros tendre, tu sais ça ? commenta Hunter.

Il a raison, bien sûr. Un garçon intelligent, tu devrais le garder à proximité.

Grommelant avec un air renfrogné exagéré, Nick alluma la tronçonneuse, coupant le son léger et joyeux du rire de Hunter. Il abattit un pin sylvestre qui aurait pu pousser encore un an, mais qui était suffisamment grand pour remplir un coin salon.

Il y avait une tonne de choses à faire cet après-midi-là, avant l'événement de collecte de fonds pour Jouets et Dindes, alors ils s'étaient réveillés tôt. Nick aurait voulu rester blotti sous les couvertures avec un Hunter chaud et doux dans ses bras, embrasser sa poitrine et son cou, ses cheveux adorablement dressés. Mais il devait déneiger un parking de fortune dans le petit champ à l'est de l'entrée de son chemin privé après s'être occupé des sapins.

Hunter souleva l'arbre et le mit dans la presse à balles, ils avaient pris un rythme qui était déjà étonnamment familier. Hunter s'était attelé au travail comme un poisson dans l'eau, et la fierté envahit Nick alors qu'il le regardait empiler quelques arbres en balles.

Hunter leva les yeux quand il eut fini.

— Quoi ?

Il sourit, incertain. Il respirait un peu fort, des bouffées d'air formant de la buée dans le froid.

— Rien.

Nick se tourna vers la grille suivante, sciant le tronc d'un autre pin.

Le truc, c'était qu'après les vacances, tout serait fini. Nick se retrouverait tout seul sur le terrain. Ella aboya au loin, comme pour lui rappeler qu'il ne serait pas tout à fait seul. Il espérait juste qu'elle n'avait pas découvert une tanière de mouffettes.

Il soupira en sciant un autre arbre. Après tant d'années de solitude, il était ridicule qu'il ne veuille pas voir Hunter partir. À la pensée des mois de janvier et de février calmes – des mois où il ne travaillait pas autant et rattrapait ses lectures, regardait la télévision et hibernait généralement –, il se remplit d'effroi.

Tu as été seul trop longtemps et tu le sais, mon

amour. Il est fait pour toi. Qui se ressemble s'assemble, comme le dit le dicton.

Nick se disputait avec Éric dans sa tête, c'était dingue, car ce n'était pas réellement Éric. Il soutenait que Hunter était trop jeune et qu'il voudrait sûrement retourner à Toronto, sortir avec d'autres hommes et vivre sa vie. Ne pas être coincé au milieu de nulle part avec Nick.

Éric réfutait calmement ses arguments et Nick n'arrivait pas à se sortir la chanson « Sleigh Ride » de la tête, la fredonnant dans sa barbe et jetant des regards furtifs à Hunter.

Il avait encore neigé et ils en avaient jusqu'aux genoux, à l'écart de l'espace qu'il avait réservé pour la presse à balles. Les branches des arbres étaient lourdes de neige pelucheuse et légèrement humide… parfaite pour faire des bonshommes de neige. Il faisait moins cinq et le vent était calme, un temps parfait pour l'hiver. Assez froid pour ne pas dégeler, mais pas mordant et désagréable.

En éteignant la tronçonneuse, Nick lança :

— Veux-tu abattre le dernier ?

Le visage de Hunter s'éclaira.

— Ouais ! D'accord.

Il se débarrassa des aiguilles mortes sur ses gants et s'approcha. Il s'était bien débrouillé avec la hache, même si c'était un travail difficile parce qu'il était léger. Nick lui tendit la tronçonneuse.

— Waouh, s'exclama Hunter en la prenant,

mal à l'aise. C'est lourd.

— La sécurité est évidemment la chose la plus importante, déclara Nick.

Il lui expliqua les tenants et les aboutissants, Hunter écoutant attentivement et hochant la tête.

Lorsque Hunter eut abattu l'arbre avec la tronçonneuse, il cria de joie, s'assurant d'éteindre correctement la machine et d'enclencher le verrou de sécurité.

— Je l'ai fait !

Il posa la tronçonneuse sur une bâche étalée sur la neige.

— Oui.

Nick lui sourit, écartant les jambes et s'enfonçant quand Hunter se jeta dans ses bras.

— Merci, dit Hunter en l'embrassant. Pour tout. Je n'aurais jamais pensé que je serais bon dans des trucs comme ça.

— Tu es très doué pour ça.

Nick lui mordilla la mâchoire.

— Ça et... d'autres choses.

Il avait essayé de garder une attitude professionnelle quand ils étaient à la ferme, mais tant pis.

— Nous ferions mieux de charger ces arbres et de retourner à la maison. John et Desmond seront bientôt là pour aider à l'installation.

— J'espère que ça se passera bien.

Une ride apparut entre ses sourcils.

— Peut-être que j'aurais dû...

— Ça va être parfait. Fais-moi confiance, assura Nick.

En expirant, Hunter hocha la tête.

— J'ai confiance en toi.

Il sourit doucement, embrassant à nouveau Nick, et celui-ci le serra contre lui, décidant qu'ils pouvaient s'accorder quelques minutes de plus.

IL Y AVAIT tellement de gens.

Nick s'appuya contre la grange, dont l'intérieur était interdit aux visiteurs, un panneau d'interdiction d'entrer cloué sur la porte coulissante. Les nombreux, très nombreux visiteurs avaient commencé à arriver à onze heures précises, et d'une manière ou d'une autre, ils continuaient d'arriver au fur et à mesure que l'après-midi avançait.

C'est une bonne chose, tu te rappelles ?

— Ouais, ouais, marmonna Nick à la voix taquine d'Éric.

Mais *c'était* une bonne chose, même s'il avait eu besoin de s'échapper de la foule pendant quelques minutes, il était indéniablement satisfait.

Hunter et John avaient organisé un événement incroyable en seulement deux jours. Dans l'espace ouvert près de la grange, ils avaient installé une douzaine de tables et de chaises pliantes prêtées par l'une des églises locales. Ils avaient décoré les tables de guirlandes et suspendu à la porte de la grange une énorme couronne fraîche attachée par un ruban rouge. Nick avait coupé les grosses branches pour la couronne et d'autres décorations suspendues.

Desmond jugeait le concours de fabrication de bonshommes de neige chaque heure et les enfants riaient et hurlaient et des boules de neige volaient. Les adultes se tenaient en groupe, bavardant et sirotant du café, du cidre ou du chocolat chaud. Les barbecues au propane rôtissaient un approvisionnement régulier de hot-dogs et de châtaignes, et les familles s'asseyaient autour des tables pour manger avec enthousiasme.

John avait emprunté un système de sonorisation portable pour diffuser des chants de Noël, protégé sous une bâche des douces averses qui avaient commencé vers midi, alors que davantage de nuages s'étaient installés. Cela dit, le temps était censé rester calme, et Nick espérait que le bulletin météorologique était exact, cette fois.

Quoi, tu ne veux pas être bloqué par la neige avec tous ces gens ? taquina Éric. *Juste Hunter. Je ne peux pas t'en blâmer.*

Pourtant, Nick devait admettre que c'était agréable de voir des gens si heureux et festifs. Il avait parlé à des personnes qu'il n'avait pas vues depuis des années, même à de vieux amis qui étaient venus à l'invitation de John. Ils avaient eu des ohhh et des ahhh pour Hunter, et Nick s'était retrouvé à faire des plans pour un dîner, à moitié à contrecœur.

La tombola pour abattre son propre sapin s'était avérée un grand succès. Ils avaient tiré un gagnant plus tôt, puisque les gens allaient et venaient, et en feraient un autre bientôt. En fait, c'était bien d'emmener le gagnant à la ferme et de lui montrer comment utiliser la hache pour l'abattre. Hunter l'avait accompagné, rayonnant.

Et bien sûr, Ella était dans son élément, ravie de tant de nouvelles personnes à rencontrer et de toute l'attention qu'elle recevait. Nick la regarda avec un sourire, son regard trouvant ensuite Hunter. Son sourire s'approfondit, la chaleur remplissant son cœur.

À une table, Hunter se penchait sur des fournitures de bricolage – des boules de polystyrène, de la peinture en aérosol, des paillettes et des macaronis – aidant une petite fille à fabriquer une décoration. Il était patient alors que la fillette tâtonnait, et bien que Nick soit trop loin pour entendre ce qu'il disait, il savait que Hunter était gentil avec elle.

Il ne pouvait pas détourner les yeux. Il désirait trop Hunter. Pas uniquement dans son lit, mais… tout le temps. C'était *ridicule*, car ils se connaissaient depuis à peine plus d'une semaine.

Nous l'avons su après notre premier rendez-vous. Te souviens-tu ? demanda Éric.

Des souvenirs affluèrent dans son esprit : le rendez-vous au café qui était devenu un déjeuner, puis un dîner dans un autre restaurant, puis les boissons, puis le retour à la maison d'Éric pour une nuit de sexe. Ils avaient été inséparables après.

C'est peut-être comme ça que ça se passe avec toi. Hunter a pratiquement déjà emménagé et tu ne veux pas qu'il aille ailleurs. Pas vrai ?

Des bottes crissèrent dans la neige, s'approchant, et Nick repoussa les pensées et la voix imaginaire d'Éric, arrachant son regard de Hunter, qui applaudissait à l'instant la fillette qui tenait sa création en macaronis.

Nick se concentra sur la femme qui s'approchait de la grange. Elle était peut-être un peu plus âgée que lui, petite et blonde, un peu grassouillette dans une veste de ski rouge bouffante, les joues roses sous un bonnet à bois de renne. Quand elle sourit timidement, il sut, reconnaissant la forme de sa bouche.

— Nick ? Je ne sais pas si tu te souviens de moi.

Il se redressa, s'éloignant du côté de la grange.

— Pam, n'est-ce pas ?

— Oui.

Elle jeta un coup d'œil à Hunter.

— Mon fils et toi avez appris à vous connaître.

— Oui, admit Nick, essayant de garder une voix neutre.

Il avait quarante-six ans, putain, mais il avait l'impression d'être un lycéen allant chercher sa cavalière au bal de fin d'année avec un petit bouquet bon marché dans ses mains moites. Pas qu'il ait jamais fait ça. Il était allé au bal avec une amie lesbienne.

— Il est très attaché à toi, déclara Pam. Pour être honnête, je ne sais pas quoi en penser.

— Moi non plus.

Elle rit.

— J'apprécie ton honnêteté.

Il fourra ses mains gantées dans les poches de son manteau sombre.

— Je n'avais pas prévu ça. Ou espéré ça. Pas le moins du monde.

— Je te crois.

Elle repoussa un flocon de neige de son nez avant de poursuivre :

— Je ne l'ai pas vu aussi heureux depuis… depuis longtemps. Il est tellement anxieux et ne sait pas quoi faire de sa vie.

— Oui. Je suppose qu'il devrait retourner à Toronto au début de l'année. Se donner une autre chance.

Elle fronça les sourcils.

— Je suppose. Mais je n'en suis pas si sûre.

Malgré lui, le cœur de Nick s'emballa.

— Non ?

— Il a été tellement obsédé par ce qu'il *devrait* faire. Trouver un « vrai » travail dans un bureau. Même si cela le rend malheureux.

Elle regarda vers l'endroit où Hunter discutait maintenant avec des adultes, faisant des gestes animés vers les hectares d'arbres qui s'étendaient au loin.

— Il a vraiment aimé le travail ici.

— Il apprend vite.

— Tu sembles lui donner confiance. C'est un gros point en ta faveur.

Nick gloussa.

— C'est bon à savoir.

Son sourire s'estompa.

— Je veux tout simplement que le cœur de mon fils ne soit pas brisé. Je sais que tu as subi une grande perte avec Éric. Il était un homme merveilleux.

La gorge soudain épaisse, Nick hocha la tête.

— S'il te plaît, assure-toi que tu sais ce que tu fais. Ne fais pas de promesses que tu ne pourras pas tenir. J'ai connu ça. Je ne le souhaite pas pour Hunter. S'il ne s'agit que d'une aventure de Noël, ce n'est pas grave, assure-toi simplement qu'il le sache. Si tu ne peux pas lui en offrir plus, sois franc. C'est tout ce que je demande.

Nick hocha à nouveau la tête et se racla la gorge.

— C'est compréhensible.

Elle sourit.

— D'accord. Je te verrai pour le dîner de Noël, d'après ce que j'ai compris ? J'en suis impatiente.

— Moi aussi.

Alors qu'elle s'éloignait, une petite vague de panique s'éleva en lui. *Savait*-il ce qu'il faisait ? Plus que simplement baiser Hunter, il vivait déjà pratiquement avec lui. Avait un dîner de Noël de prévu avec sa mère.

Il avait dit à Hunter qu'il voulait continuer ce qu'il y avait entre eux, et c'était le cas. Mais ce qui grandissait entre eux ? Cela arrivait si vite. Nick faisait-il des promesses qu'il ne pouvait pas tenir ?

Les chants de Noël et les éclats de rire et *tout le monde* étaient de trop à présent, il s'échappa dans le froid sombre de la grange, rabattant fermement la porte derrière lui. Ça sentait le pin et la terre, une faible lumière filtrait à travers les interstices du bois.

La dernière chose qu'il voulait était de briser le cœur de Hunter… ou le sien.

Chapitre Dix

INSPIRANT PROFONDÉMENT L'AIR froid de la nuit, Hunter courut après Ella derrière la maison, vers la rivière, ses jambes se crispant dans les congères. Elle aboya malgré le poulet en caoutchouc dans sa gueule, comme pour se plaindre qu'il était trop lent, se précipitant pour le laisser tomber dans la neige ininterrompue à ses pieds. En riant, il le lança à nouveau et elle courut à sa poursuite.

Il était merveilleusement épuisé et un peu trop plein des restes de hot-dogs. La collecte de fonds avait été un énorme succès et Hunter se sentait stupidement fier de lui. Bien sûr, John avait fait une grande partie du travail, mais Hunter avait prévu les travaux manuels et autres pour les enfants, et tout le monde avait semblé s'amuser.

Eh bien, tout le monde sauf Nick, qui avait été maussade et silencieux ce soir-là. Il avait été assez amical avec les gens plus tôt, mais toutes les interactions l'avaient clairement épuisé. La mère de Hunter avait dit avoir eu une « petite conversation » avec Nick. C'était si mortifiant qu'il n'avait pas eu le courage de demander à son amant à quel point elle avait été embarrassante.

Nick n'avait pas été *trop* grincheux pendant le dîner, mais il n'avait pas dit grand-chose, semblant préoccupé. Hunter avait gardé le silence et l'avait laissé regarder l'épisode de la dernière série de super-héros qu'ils avaient repérée sur Netflix.

Ella glissa pour s'arrêter à ses pieds et Hunter se retourna, lançant à nouveau le poulet en caoutchouc. Cette fois, il glissa sur l'eau gelée et atterrit sur la glace près de l'autre côté, un tunnel créé par la limite des arbres à proximité ayant chassé la majeure partie de la neige sur la rivière. Mais Ella s'arrêta en dérapant, gémissant sur le bord.

Hunter rit et lança :

— Allez, va le chercher !

Mais elle ne voulait pas bouger, alors Hunter testa soigneusement la glace et glissa dessus, les bras écartés pour garder l'équilibre. La petite rivière n'était probablement pas très profonde et elle semblait gelée sous ses bottes. Il traversa et se pencha pour attraper le poulet.

— Sors de la glace !

Hunter se retourna, son cœur bondissant,

moulinant des bras pour rester sur ses pieds. La voix de Nick avait explosé dans la paix de la nuit, il fallut un moment à Hunter pour comprendre pourquoi il criait, se rapprochant, une fureur inexplicable vibrant hors de lui.

Lorsque le fait qu'Ella avait probablement été entraînée à ne pas aller sur la glace – et ce pour une raison très particulière – frappa Hunter, il en eut le souffle coupé et glissa vers le rivage qui n'était qu'à une dizaine de pas, Ella aboyant depuis le bord.

Hunter était presque arrivé quand Nick l'attrapa, le soulevant presque du sol. Il eut l'impression de planer le reste du chemin vers la rive solide, atterrissant dans un bruit sourd, son bonnet tombant. Les yeux de Nick étaient sauvages, ses poings nus agrippant l'avant de la veste de Hunter. Il était dehors, vêtu uniquement de son jean et de sa chemise en flanelle à carreaux, sans bonnet ni manteau ni tenue d'hiver.

Leurs souffles se mêlèrent en rafales aiguës. Peut-être Hunter aurait-il dû avoir peur de Nick qui le dominait, mais ce n'était pas le cas. Pas du tout. Il pouvait voir la terreur à l'état brut sous la fureur de Nick. Il agrippa sa taille, le tenant fermement.

— Je suis désolé. Je n'ai pas réfléchi.

Fermant les yeux, Nick secoua la tête, ses doigts se crispant sur le manteau de Hunter, tout son corps tremblant. Hunter l'attira contre lui, essayant de le serrer dans ses bras.

— Ça va, murmura-t-il. Tout va bien.

Nick exhala un souffle puissant ressemblant à un sanglot, s'effondrant contre lui. Hunter chancela sous son poids, mais ancra ses talons dans la neige. Aucune chance qu'il lâche prise. Il retira son gant pour pouvoir passer ses doigts dans les cheveux de Nick et le toucher, les rafales chaudes de son souffle humide contre son cou.

— Je suis là, chuchota-t-il. Tout va bien.

Mais Nick s'éloigna de lui. Il passa une main sur son visage. Sa voix était rauque.

— Non. Je ne peux pas faire ça. Je ne *devrais* pas faire ça. C'est une erreur.

Maintenant, la peur s'emparait de Hunter, glaçant sa colonne vertébrale.

— Que veux-tu dire ?

Nick se redressa, de l'acier dans sa voix, comme l'homme distant et hautain qu'il avait découvert lors de leur première rencontre dans la réserve.

— C'était une erreur de t'avoir laissé rester ici. Tu devrais partir.

— *Quoi ?*

Il ne pouvait pas croire ce qu'il entendait.

— Tu ne le penses pas.

— Si, je le pense. Cela n'aurait jamais dû arriver entre nous. Maintenant, pars. Et ne reviens pas.

Il se dirigea d'un pas lourd vers la maison. Ella gémit, son regard passant de l'un à l'autre, mais elle suivit Nick avec des aboiements agités.

Hunter resta immobile au bord de la rivière gelée, son souffle blanc s'échappant dans l'air glacial, ses doigts nus picotant. Après tout ce qu'ils avaient partagé, c'était simplement terminé ? Il était censé partir la queue entre les jambes parce que Nick l'avait dit ?

Rien. À. Foutre.

Avec un grognement, Hunter le suivit, ses bottes crissant dans la neige. Près du tas de bois, Nick se retourna et fixa avec incrédulité Hunter marcher vers lui.

— Je t'ai dit de partir.

— Non.

Hunter s'arrêta devant lui, carrant les épaules.

— Pour commencer, je ne retourne pas à pied à Pinevale.

Nick grimaça, comme s'il n'y avait pas pensé.

— Tu peux prendre le pick-up. Je le récupérerai un autre jour. Cela n'a pas d'importance.

— Tant que je fais ce que tu dis, que je te laisse tranquille et que je ne reviens jamais ?

Les yeux sur ses bottes délacées, Nick hocha la tête.

— Ce n'est pas comme ça que ça marche. Pas là dehors. Tu es le daddy au lit, et je serai heureux de faire ce que tu dis. Mais tu ne peux pas me donner d'ordres quand on ne baise pas. Tu ne peux pas décider de tout entre nous sans même *parler* avec moi. En un claquement de doigts, tout ça est terminé ? Non, je ne vais nulle part.

— Je te l'ai dit, c'était une erreur.

La mâchoire de Nick était serrée, mais sa voix tremblait. Il baissait toujours les yeux.

— Pourquoi ? Parce que tu m'as vu sur la glace et que tu as eu peur que quelque chose m'arrive ? Parce que tu tiens à moi ?

Secouant la tête, Nick recula, frappant la pile de bois de chauffage. Ella gémit à nouveau, tendue aux côtés de Nick. La gorge de ce dernier bougeait, son souffle était court. La porte d'entrée de la maison était ouverte et Nick se précipita dans sa direction.

— Ella ! À l'intérieur.

À contrecœur, elle rentra. Hunter respirait fort, essayant de trouver la meilleure chose à dire. Il voulait à nouveau tenir Nick dans ses bras et lui assurer que tout irait bien, mais pas encore. Ella suivait toujours les ordres de Nick, mais lui ne reculait pas.

— Cette rivière est gelée, et même si ce n'était pas le cas, elle monte seulement jusqu'à où, la taille ? Mais ça t'a probablement fait peur de me voir là-bas à cause de ce qui est arrivé à Éric.

Hunter était à peu près sûr que c'était la première fois qu'il prononçait ce nom à haute voix. Nick tressaillit, observant les étoiles maintenant, haletant doucement.

Hunter prit une profonde inspiration et continua :

— Je suis terriblement désolé de ce qui lui est arrivé. Je ne peux qu'imaginer ce que cela a été pour toi. Mais je ne te laisserai pas me repousser parce que tu as peur. Tu n'aurais pas peur si tu ne te souciais pas de moi, et je tiens à toi aussi. Je sais que nous venons de nous rencontrer, mais je suis tombé amoureux de toi.

Ses mots restèrent suspendus dans les airs, et Nick baissa la tête, face à lui.

— Je ne peux pas refaire ça, dit-il d'une voix rauque. Je n'aurais jamais dû… c'est la raison pour laquelle j'étais seul. Je ne peux pas t'aimer et qu'il se produise quelque chose. Je ne peux pas. Ta mère a dit…

Hunter recula.

— Oh, mon Dieu, quoi ?

Elle avait toujours été si cool, mais il paniquerait si elle avait mis le bazar dans la tête de Nick à vouloir être surprotectrice.

— Ce n'était pas aussi mauvais, admit Nick avant de s'éclaircir la gorge, ses doigts se serrant et se desserrant. Elle ne veut pas que je te brise le cœur ou que je fasse des promesses que je ne peux pas tenir. Et elle a raison. Je ne peux pas te donner ça.

Il fit un geste de la main entre eux avec des mouvements brusques.

— *Ça*, c'est trop. Déjà, lâcha-t-il avec un rire sans joie. Je ne sais même pas comment c'est arrivé, mais c'est trop. Parce que je ne peux pas me soucier de toi et te perdre. Je ne peux pas revivre ça. Pas une nouvelle fois.

— Nous allons tous mourir. Et j'espère que ce ne sera pas avant très longtemps pour l'un de nous. Mais, en attendant, nous devons vivre.

Il avait coincé Nick, ce qui semblait stupide, puisqu'il faisait deux fois sa taille, mais Hunter s'était approché lentement. Il tendit la main timidement, prenant celle de Nick et serrant ses doigts tremblants. La pointe de leurs bottes se touchait, leurs souffles blancs se mélangeaient à nouveau.

Hunter chuchota :

— Je veux que tu m'aimes. Je veux qu'on s'aime l'un l'autre. Je veux rester ici et travailler avec toi.

Nick s'accrocha à ses doigts.

— Tu veux rester ? Ne pas retourner à Toronto ?

— Exactement. Si tu veux de moi. Je ne me suis jamais considéré comme un amateur du plein air ou un truc du genre, mais j'aime l'air frais, sentir mes muscles me brûler et être ici, loin des espaces cloisonnés des bureaux, des ordinateurs et des heures de pointe. As-tu déjà pris le métro à l'heure de pointe ? S'il y a un enfer, c'est d'être entassé dans une boîte en métal avec des milliers d'autres personnes deux fois par jour. Je ne veux pas de ça. Même si cela signifie que je gâche mon diplôme ou un truc du genre, je ne veux pas travailler dans un bureau. Je veux tout apprendre sur les arbres, la plantation et la récolte… tout ce que ça comporte. C'est un vrai travail et je veux le faire. Ou du moins essayer.

Nick poussa un long soupir qui sortit dans un nuage blanc.

— Je le veux aussi. Les journées de douze à quatorze heures, c'est beaucoup. Peut-être que j'ai trop été un bourreau de travail. Avoir de l'aide à plein temps… un partenaire, ce serait bien.

— Ils disent que l'équilibre entre travail et vie personnelle est vital.

Hunter lui adressa un petit sourire.

Hochant la tête, Nick expira à nouveau, son expression demeurant sérieuse.

— Je suis désolé d'avoir été dur avec toi. Te voir sur la glace…

Il prit une autre profonde inspiration et expira.

— S'il te plaît, ne va pas là-bas, même si c'est sans danger.

Il leva une main et caressa la joue de Hunter avec ses doigts froids.

— Est-ce déraisonnable de ma part ?

— Non. Je peux le faire pour toi. C'est une chose facile à faire.

Il tenait toujours l'autre main de Nick et il serra doucement en demandant :

— Peux-tu faire quelque chose pour moi ?

Nick le regarda dans les yeux, les siens s'adoucissant.

— Tout ce que tu veux.

Hunter sourit avec reconnaissance, la joie faisant un retour timide.

— Ne m'exclue pas les décisions importantes. Genre, tu sais, si oui ou non nous devrions être ensemble. Ça, c'est plutôt important. Nous sommes égaux pour ça, non ? Même si tu es aux commandes quand nous faisons l'amour.

Il n'hésita pas, serrant la main de Hunter.

— Oui. Absolument. Même si je suis parfois un idiot surprotecteur.

Hunter rit doucement.

— Je peux le gérer. Je sais que tu as eu peur. Et je suis sûr que ce ne sera pas la dernière fois que nous nous disputerons.

Les lèvres de Nick se contractèrent en un sourire.

— Je suis sûr que non. Surtout si tu emménages.

Son ventre se noua d'excitation.

— Est-ce que c'est ce que tu veux ? J'ai été bloqué par la neige et maintenant je reste ?

Son sourire s'agrandissant, Nick dit :

— Oui. Ça finira peut-être en désastre, mais je

veux que tu restes. Je te veux avec moi là-bas.

Il donna un coup de tête en direction des arbres avant de désigner la maison derrière lui.

— Et ici.

Il s'approcha, pressant leurs corps l'un contre l'autre et prenant le visage de Hunter dans ses mains en ajoutant :

— Dans mon lit. *Notre* lit.

— Je le veux aussi, chuchota Hunter. Les deux.

Son pouls s'emballa.

— Et je ne souhaite pas que l'un de nous ait le cœur brisé. Alors, ne le faisons pas, OK ?

— Ça marche.

— Ayons plutôt un miracle de Noël et soyons heureux pour toujours.

Il se hissa sur la pointe des pieds et embrassa Nick, essayant de lui transmettre tout ce qu'il ressentait par la pression constante de ses lèvres. Il voulait travailler avec lui, vivre avec lui et l'aimer. Il recula d'un pas, croisant les yeux brillants comme la lune de Nick.

— Emmène-moi au lit, daddy.

Les pieds de Hunter se dérobèrent sous lui et il haleta lorsque Nick le souleva dans ses bras et se dirigea vers la porte d'entrée. Son rire jaillit tout seul, résonnant dans les arbres qui montaient silencieusement la garde. Il aimait la sensation d'être en l'air et en sécurité contre le corps de son amant.

— Tu n'es pas censé me porter à travers le seuil tant que nous ne sommes pas mariés, le taquina-t-il.

Puis il se mordit la lèvre. Il plaisantait, mais est-ce que cela effrayerait Nick ?

Celui-ci s'arrêta sous l'avant-toit.

— C'est le moyen le plus rapide de te mettre nu au lit.

Il passa à grands pas la porte ouverte en riant lui aussi et la referma d'un coup de pied.

Ses bras autour du cou de Nick, Hunter gloussa.

— Je ne peux pas discuter avec cette logique.

Ella aboya, sa queue remuant, Hunter ne pouvait plus cesser de rire alors que Nick le portait à l'étage.

— Ella est d'accord, affirma Hunter.

Quand ils furent nus ensemble, les rideaux ouverts sur la nuit argentée, Hunter se mit à quatre pattes. Mais Nick le retourna et l'attira plus près, l'embrassant avec une langue douce et inquisitrice. Nick le goûta jusqu'à ce que la tête de Hunter lui tourne, puis il le pressa contre le matelas, ses lèvres explorant chaque centimètre carré de peau jusqu'à ce que Hunter ne puisse qu'en redemander.

Nick embrassa à nouveau sa bouche, et Hunter put goûter sa propre sueur et son désir. Nick était lourd sur lui, l'enveloppant, le gardant en sécurité et chéri. Levant ses genoux contre sa poitrine,

Hunter cria lorsque Nick le pénétra et le baisa, l'étirant jusqu'au point de rupture, mais jamais trop loin.

198

Épilogue

Un an plus tard

— PLUS HAUT de ton côté ! lança Hunter.

Nick releva le bout de la bannière, en équilibre sur une échelle, près du tronc d'un des érables dénudés, à l'entrée de la longue allée de la ferme. John était sur une autre échelle, près d'un arbre de l'autre côté. La neige s'amoncelait autour des échelles, le soleil jaillissant des nuages épars, faisant scintiller la neige fraîche comme des diamants.

Dans sa parka, son bonnet de laine et ses bottes de travail, Hunter se tenait au milieu de la route de campagne sinueuse tout en levant les yeux. Nick ne pouvait entendre aucun véhicule approcher, mais quand même.

— Veux-tu bien te dépêcher et quitter la route ?

Hunter laissa échapper un rire et s'approcha.

— OK. C'est bien.

Nick et John descendirent, tous les trois reculèrent suffisamment pour jeter un coup d'œil à la bannière.

Jouets, Dindes & Arbres – Collecte de Fonds Annuelle pour les Fêtes

— Ça va être épique, déclara John. Je n'arrive pas à croire que Hunter t'ait encore convaincu. Mais je n'arrive pas non plus à croire qu'il t'ait convaincu de laisser les gens abattre eux-mêmes leurs arbres cette saison.

Nick grommela :

— Moi non plus.

Hunter sourit.

— Ce n'était pas si mal et tu le sais.

— Peut être pas, marmonna Nick.

Il essaya de se renfrogner, mais n'y parvint pas, et le sourire de Hunter s'éclaira.

En plus de travailler avec Nick à la ferme, Hunter avait pris en charge le marketing et la communication de l'entreprise. Il avait des idées pour augmenter ses revenus. L'une d'elles consistait à ouvrir la ferme au public pendant trois week-ends, au début de la saison des fêtes, fin novembre, laissant les gens abattre leurs propres arbres et offrant des promenades en traîneau, du chocolat chaud, des collations et la fabrication de couronnes.

— En fait, les week-ends ont été un énorme succès, rappela Hunter.

Avant d'ajouter pour John :

— Et il le sait.

— Oh, tu as bien compris le numéro de ce Grinch.

John fit un clin d'œil joyeux à Nick, repoussant ses lunettes à monture métallique sur son nez.

— Avant que tu ne t'en rendes compte, tu joueras à nouveau le père Noël, Nick, prédit-il.

— Ça n'arrivera jamais, assura Nick en lui lançant un regard noir. *Jamais.*

— Mais tu étais si doué pour ça ! insista John en riant et en levant les mains. Ne t'inquiète pas, le Village du père Noël délabré n'existe plus.

Il consulta sa montre.

— Bon, je dois y aller. Desmond, Pam et moi serons de retour demain matin pour aider à l'installation. Oh, et Tim et son nouveau petit ami se sont portés volontaires pour venir plus tôt.

— Mon amie Shelby est en ville, alors elle vient aussi aider, déclara Hunter.

John s'exclama :

— Ça va être encore mieux que l'an dernier. Je peux le sentir !

— Ouais, ouais, marmonna Nick.

Cependant, il adressa un sourire à son ami.

— Vous voulez que je vous dépose à la maison ?

Hunter et Nick échangèrent un coup d'œil, et Hunter répondit :

— En fait, ça ne me dérangerait pas de marcher.

Nick hocha la tête et ils dirent au revoir à John quand il monta dans son SUV et partit.

Simultanément, Nick et Hunter se tendirent la main, joignant leurs doigts gantés alors qu'ils remontaient la longue allée déneigée, serpentant à travers les arbres sur quelques kilomètres. Leurs bottes crissaient sur la neige tassée, leur souffle créant de la buée dans l'air froid.

— Je n'ai pas marché sur cette portion depuis cette première fois, déclara Hunter avec un sourire. Difficile de croire que cela fait un an.

Nick serra les doigts.

— Le temps passe. Ce voyage devrait être un peu plus agréable.

— Espérons-le.

Hunter sourit, ses yeux bleus étincelant, alors qu'il embrassait rapidement Nick avec des lèvres froides.

Jouant à l'extérieur, Ella les accueillit comme des héros conquérants lorsqu'elle les repéra s'approchant de la maison, et ils offrirent des grattouilles et des caresses à leur animal de compagnie jusqu'à ce qu'ils entrent tous à l'intérieur.

Hunter réprimanda Ella lorsqu'elle essaya de

sauter et d'attraper le bout d'une guirlande scintillante rouge, or et verte, qui s'était détachée d'une des poutres du plafond en bois de la cuisine.

En riant, Nick sortit le ruban adhésif et fixa la guirlande avant d'actionner l'interrupteur qui alimentait les lumières multicolores accrochées autour de la rampe, le long de la balustrade du palier et le long du couloir ouvert du deuxième étage.

L'interrupteur alimentait également l'arbre de Noël, qui trônait dans le coin à droite de la cheminée. Alors que les lumières colorées brillaient, des guirlandes argentées miroitaient, un méli-mélo d'ornements anciens et de nouveaux scintillaient. Des cadeaux emballés pour les uns et les autres remplissaient l'espace sous le pin sylvestre. Ils avaient appris à leurs dépens la semaine précédente à ne rien mettre là-dessous s'ils ne savaient pas ce que ça contenait, après un incident avec Ella et une boîte d'After Eights d'un vendeur.

Cela faisait une éternité que Nick n'avait pas eu son propre sapin de Noël. Ironique, étant donné qu'il les cultivait, et il avait découvert qu'il aimait le parfum frais qui embaumait leur maison.

Leur *foyer*.

C'était vraiment un foyer à nouveau. Cela n'avait pas toujours été facile, Hunter et lui se disputaient parfois, même si le sexe de réconciliation était… *remarquable*. Comme chaque relation sexuelle, et il avait hâte d'en avoir beaucoup dans les semaines à venir.

Avec la fin du travail acharné de l'année et l'approche de Noël dans quelques jours, c'était un soulagement. Une fois l'événement caritatif terminé, Nick avait hâte de se détendre devant le feu avec Hunter et Ella. Bien que Hunter et lui – à quatre-vingt-quinze pour cent Hunter – se soient portés volontaires pour organiser le dîner de Noël, il y aurait donc beaucoup de cuisine à faire.

Allumant la pile de bois avec le bois d'allumage qui attendait, Nick sourit. Il avait beaucoup plus cuisiné au cours de la dernière année, car Hunter était un mangeur très enthousiaste, aussi cela ne le dérangeait pas vraiment. En réalité, il aimait ça. Hunter aimait aussi cuisiner et ils coupaient et remuaient souvent ensemble, écoutant un podcast ou un livre audio, Ella à leurs pieds, espérant qu'ils laisseraient tomber quelque chose de délicieux.

Nick passa ses doigts sur le coton doux des trois bas suspendus au bois de la cheminée, leurs noms brodés en écriture dorée sur le tissu rouge.

Nick, Hunter, Ella

Il y avait aussi un ajout à la collection de photos encadrées : un selfie de lui et Hunter, en sueur, avec leurs cisailles sur les épaules, après une longue journée de travail d'été, des sourires satisfaits sur leurs visages et des chapeaux à larges bords sur leur tête.

Dans l'autre coin du salon, Hunter fredonnait tout seul et tripotait la vieille chaîne stéréo. Puis une musique jazzy de Noël emplit la pièce et le cœur de Nick se serra.

— Est-ce que c'est le CD d'Ella Fitzgerald ? demanda-t-il.

Hunter récupéra le boîtier.

— Ouais. *Ella Wishes You a Swinging Christmas.* D'ailleurs, il y a beaucoup d'albums d'elle, répondit-il en riant. Oh ! Je viens de réaliser d'où notre Ella tient son nom !

Nick sourit doucement.

— Oui.

Il marqua une pause, puis ajouta :

— Éric aimait Ella Fitzgerald. Je n'ai pas écouté ces vieux CD depuis des années.

Le beau visage de Hunter se plissa.

— Veux-tu que je l'éteigne ?

Tu ferais mieux de répondre non. C'est le meilleur album de fêtes de tous les temps. Il mérite d'être écouté.

Nick sourit à la voix d'Éric dans sa tête. Il l'entendait moins souvent, ces derniers temps, mais parfois, Éric apparaissait avec une pointe de sagesse. À Hunter, il répondit :

— Non. Il mérite d'être entendu. Merci de l'avoir trouvé.

Il se retourna pour s'occuper du feu, alors que

la merveilleuse odeur de bois brûlé remplissait la maison sous les airs de Noël doux et jazzy d'Ella. Hunter monta à l'étage et Nick chantonnait quand il l'entendit revenir, les marches grinçant.

— J'ai trouvé autre chose, annonça Hunter.

Nick se retourna, le souffle coupé et son désir s'enflammant comme le petit bois dans la cheminée. Hunter se tenait sur la dernière marche, portant son vieux costume d'elfe. Après un an de travail manuel, la veste verte était encore plus étroite et il l'avait laissée ouverte sur sa poitrine nue. Les collants en sucre d'orge étaient obscènes, ne cachant rien. Ses pieds étaient nus, le bonnet d'elfe en velours vert avec les fausses oreilles reposait sur sa tête.

Hunter brandit un paquet de velours rouge bordé de blanc.

— Père Noël, j'ai été un très vilain garçon.

— Oh, je *sais* que tu l'as été.

Nick crocheta son doigt pour lui faire signe d'avancer, l'amour et la luxure le remplissant complètement, le rendant entier.

Leur Ella aboya depuis la cuisine, Ella Fitzgerald chantonnait à propos de qui se ressemble s'assemble, tandis que Hunter et Nick se rejoignaient près de l'âtre avec leurs mains et leur bouche, le cœur battant.

FIN

Également Par Keira Andrews

En Français

Un Daddy pour Noël
Un faux petit ami pour Noël
Lune de miel en solitaire
Huit Nuits en Décembre
Quand l'amour brille de mille feux…
Transfert à Ottawa
Au Pied du Sapin
Par-delà l'océan
Si ce n'est qu'un rêve
Rumspringa Interdit
Un Nouveau Départ
Trouver son Chez-soi
Le Voeu de Noël
Passion en Arctique
Vaincre les Ténèbres
Combattre la Marée

En Allemand

Kalter Krieg
Im Notfall
Jenseits des Ozeans
Geisel des Piraten
Codename: Valor
Testphase Valor

En Italien

Fuoco nel ghiaccio
Luna Di Miele Per Single
Il Patto Di Natale
Rapito dal Pirata
Segni d'intesa
In Capo Al Mondo
Beyond the Sea (Italian Translation)
Sogno di Natale
The Next Competitor (Italian Translation)
Valor on the Move (Italian Translation)
Test of Valor (Italian Translation)
Contro La Tenebra
Contro La Marea
Rise: Una favola gay
Una Passione Proibita
Una Nuova Vita
La Strada Verso Casa
Semper Fi (Italian Translation)

En Anglais

Contemporary

Honeymoon for One
Beyond the Sea
Ends of the Earth
Arctic Fire
The Chimera Affair

Holiday

The Christmas Leap
Only One Bed

Merry Cherry Christmas
The Christmas Deal
Santa Daddy
In Case of Emergency
Eight Nights in December
If Only in My Dreams
Where the Lovelight Gleams
Gay Romance Holiday Collection

Sports
Kiss and Cry
Reading the Signs
Cold War
The Next Competitor
Love Match
Synchronicity (free read!)

Gay Amish Romance Series
A Forbidden Rumspringa
A Clean Break
A Way Home
A Very English Christmas

Valor Duology
Valor on the Move
Test of Valor
Complete Valor Duology

Lifeguards of Barking Beach
Flash Rip
Swept Away (free read!)

Historical
Kidnapped by the Pirate
Semper Fi
The Station
Voyageurs (free read!)

Paranormal
Kick at the Darkness Trilogy
Kick at the Darkness
Fight the Tide

Taste of Midnight (free read!)

Fantasy
Barbarian Duet
Wed to the Barbarian
The Barbarian's Vow

À propos de l'auteur

Keira cherche le parfait mélange de personnages, d'intrigue et de fougue dans ses romances MM. Elle écrit de tout, des pirates flamboyants aux escapades bouillantes et émouvantes. Ses sujets préférés sont les ennemis qui deviennent amants, la différence d'âge, la proximité forcée, et les vierges passionnés. Bien qu'elle aime une angoisse délicieuse en cours de route, Keira garantit les fins heureuses !

Découvrez plus sur son site :
keiraandrews.com